ANN D'ANGLETERRE

DE LA MÊME AUTRICE

Viviane Élisabeth Fauville
Éditions de Minuit, 2012
et *« Double », n° 99*

Le Triangle d'hiver
Éditions de Minuit, 2014

Sigma
Éditions de Minuit, 2017

Propriété privée
Éditions de Minuit, 2019
et *« Double », n° 125*

Monument national
Éditions de Minuit, 2022
et *« Double », n° 133*

Julia Deck

ANN D'ANGLETERRE

ROMAN

Éditions du Seuil

En exergue : extrait d'*In Pursuit of the English*, de Doris Lessing, traduit par l'autrice.

ISBN 979-10-414-2026-1

« My life has been spent in pursuit. So has everyone's, of course. I chase love and fame all the time. I have chased, off and on, and with much greater deviousness of approach, the working class and the English. »

« J'ai passé ma vie en poursuites. Comme tout le monde, bien entendu. Je traque l'amour et la célébrité sans relâche. Par intermittence et de façon beaucoup plus détournée, j'ai poursuivi la classe ouvrière et les Anglais. »

Doris Lessing,
In Pursuit of the English
– *À la poursuite des Anglais*

1

On y pense ou on n'y pense pas. J'y pense depuis trente ans. Je tente de m'y préparer. J'essaie de me le représenter, d'imaginer les circonstances par quoi s'incarnera l'inévitable, comme si l'envisager sous tous les angles permettait d'améliorer le pire, ou simplement d'y survivre. Trente ans de crainte épicée d'espoir trouble, parce qu'on se fatigue même de la peur. On voudrait lancer la bille dans la roulette pour voir sur quelle case elle tombe, sur quel numéro elle s'arrête, sur quoi ça va finir. On se dit Que ce moment arrive, qu'il advienne ici et maintenant, je veux savoir ce qui se produit après, si comme prévu je m'effondre ou si tant bien que mal je survis, légèrement désaxée ou au contraire pacifiée par l'épreuve, alors qu'avant la vie allait de soi, elle était une donnée indubitable pour soi-même et pour son cercle de vivants.

C'est ici, c'est maintenant. C'est avril. C'est dimanche. C'est le soir du premier tour de la présidentielle. C'est en descendant du bus 64 direction Denfert-Rochereau. J'ai un programme précis pour la soirée. Manger un bon truc. Écouter les résultats du vote. Aller me coucher avec Edith Wharton. La romancière étudie le milieu dont elle est issue – la haute société new-yorkaise au tournant du XXe siècle – comme un objet anthropologique. Elle examine ses rites, ses croyances, ses structures de pensée. Je viens d'entamer la lecture de *The Custom of the Country*, la coutume du pays. Edith Wharton y confronte un groupe social en déclin, l'aristocratie industrielle du Nouveau Monde, à un autre en pleine ascension, la bourgeoisie des affaires, qui ratatine en quelques années l'ancienne puissance et ses usages séculaires. Il est dix-neuf heures. Tout le monde sait déjà qu'Emmanuel Macron a remporté le premier tour, qu'il gagnera le second dans deux semaines. Tout le monde sait que sa victoire signe le triomphe de l'entreprise sur le vieux monde politique, l'indexation de l'avenir sur le calcul et le chiffre.

J'espère que le dîner est bientôt prêt. J'ai passé un mauvais week-end. La veille, je suis allée à la rencontre de lecteurs absents dans une médiathèque où il faisait trop chaud. Puis j'ai rejoint Michaël chez lui. Nous avons dîné avec ses enfants, et nous nous sommes enferrés dans une dispute sur l'heure du lever le dimanche, entre l'aspiration légitime à une grasse matinée, la compétition sportive et le bureau de vote pour ceux qui souhaitaient s'y rendre. Moyennant quoi j'ai mal dormi et me suis réveillée d'encore plus mauvaise humeur. J'ai promené mon café dans l'appartement, évasivement touillé des casseroles. Après le déjeuner, nous avons joué aux 7 familles. J'ai gagné presque toutes les parties, mon humeur s'est un peu allégée. Michaël m'a raccompagnée à l'arrêt de bus. Nous nous sommes dit au revoir, à dans quelques jours.

Ce soir, je ne vais rien faire d'autre que me laisser servir et me plaindre. Ma mère voudrait que nous préparions ensemble les repas. Je m'en abstiens fermement. J'estime que nos rôles doivent être tenus de façon conventionnelle. Le mien consiste à dresser le couvert, laver la vaisselle, passer l'aspirateur, ranger des choses en critiquant l'organisation de l'appartement, le nombre inconsidéré de bibelots sur la bibliothèque, l'emplacement contestable du grille-pain, des crochets pour suspendre les torchons. Sans mes passages réguliers, la vie serait plus lisse et plus terne. Et quand je n'ai rien à redire, j'en trouve encore parce que, ces derniers temps, elle se laisse un peu aller. Ma mère n'a pas repris toutes ses activités depuis les confinements. Son cours de littérature s'est mué en visioconférences. La piscine a fermé, elle se rend moins souvent dans les expositions, elle évite le métro. Je la soupçonne de craindre les escaliers, de ne plus voir aussi clair qu'elle le prétend. Ça m'inquiète et c'est un motif supplémentaire pour houspiller. Ce n'est sans doute pas la meilleure méthode.

Dans le 64, j'observe le temps clair, la végétation qui renaît. Une voûte de feuillage masque le ciel quand le bus traverse le parc de Bercy. Des nuages pâles s'effilochent au-dessus de la Seine. On va vers le mieux, me dis-je en descendant au pont de Tolbiac, en marchant le long du quai, en actionnant le Vigik à la première, à la deuxième et à la troisième porte de la résidence. C'est une quantité de portes tout à fait excessive, mais les copropriétaires sont contents. Quand le mécanisme de l'une tombe en panne, ils adressent une pluie de courriers au syndic, scotchent des mots indignés dans l'ascenseur. Pour ma part, j'éprouve un frisson secret à actionner le Vigik. Je me sens puissante sur les portes. Jamais je n'aurais imaginé ma mère dans un immeuble de si bon standing.

Au neuvième, j'introduis ma clé. J'entre et ça ne sent rien. Pas le soupçon d'un fumet qui mijote. La radio n'est pas allumée sur France Culture, comme c'est l'usage à cette heure de la journée. L'appartement est parfaitement silencieux. J'appelle et on ne répond pas. Quelque chose en moi se recroqueville, comme une carapace sur le cœur qui lui permet de battre et d'agir. Je regarde vers la cuisine, dans le couloir qui mène aux chambres. Il y a de la lumière dans la salle de bains. Ma mère gît sur le carrelage. Je n'aperçois que ses jambes. Le reste de son corps est dissimulé par le renfoncement du mur.

C'est aujourd'hui, c'est maintenant. C'est l'instant qu'à force d'appréhender j'ai perversement désiré pour savoir s'il se produirait un jour, à la fin, et quand, et comment, et ce qu'il adviendrait de moi par la suite, si je céderais à la terreur et me jetterais du balcon du neuvième étage, ou si, au contraire, je prendrais mes quartiers dans l'appartement pour ne plus jamais quitter l'enveloppe de ma mère.

Ses membres sont terriblement contorsionnés. La posture lui comprime le cou, le visage. Elle agite la tête, marmonne des bruits incompréhensibles. Sa bouche est souillée, ses jambes tressaillent. Il y a du sang sur le bord de la baignoire, du sang sur sa main. Je la touche, lui parle, et me précipite sur mon téléphone. Les pompiers répondent qu'ils arrivent tout de suite. En attendant, je palpe sans les bouger toutes les parties de son corps. Je prononce des paroles tranquillisantes, j'essaie de comprendre ce qu'elle dit. Enfin j'aperçois la pluie de linge propre échoué autour d'elle. Quand je l'ai quittée hier, elle était en train d'étendre la lessive.

Les pompiers se présentent au bout de cinq ou dix minutes. Deux d'entre eux l'installent sur un brancard pendant que le troisième m'interroge. Il demande quand c'est arrivé. Je réponds Je ne sais pas. Il demande si elle porte les mêmes vêtements que la veille. Je réponds Je ne sais pas. Il demande de regarder dans la cuisine. Avant de partir hier, j'ai fait la vaisselle de notre déjeuner, mais pas celle de la tisane que nous avons bue ensuite. Les tasses reposent toujours dans l'évier. Ma mère n'est pas retournée à la cuisine depuis que je suis partie la veille à quinze heures. Elle a passé près de vingt-huit heures sur le carrelage de la salle de bains, sous le plafonnier aveuglant. Les pompiers ont terminé de l'installer sur le brancard. Depuis que je l'ai retrouvée, elle a prononcé un seul mot intelligible – *library*, bibliothèque.

2

Quelques jours plus tôt, j'étais à Bruxelles pour la promotion de mon cinquième roman, *Monument national*, paru au début de l'année. Il faisait un froid de canard. Dans la dernière semaine de mars, il s'était mis à neiger, alors que l'hiver avait été plutôt clément jusque-là. J'avais rendez-vous avec deux universitaires dans une taverne des galeries royales. Installés sur les banquettes en moleskine, nous avons commandé des boulettes à la moutarde, des cafés crémeux. Je vivais la grande vie. J'avais accompli mon rêve, celui de ma mère, et je m'apprêtais à la trahir.

La conversation avec les universitaires portait sur les rapports entre écriture et traduction. Ils interrogeaient des écrivains qui traduisent d'autres auteurs pour savoir comment ces deux activités s'imbriquent, se nourrissent l'une l'autre ou au contraire s'empêchent. J'ai traduit un seul livre, *The Red Parts*, de l'Américaine Maggie Nelson. J'aime beaucoup ce texte, mais j'ai détesté travailler dessus – trop de tergiversations, trop de problèmes insolubles. J'avais prévenu mes interlocuteurs que je n'aurais pas grand-chose à déclarer sur le sujet, et l'échange a glissé vers le contenu de ce récit, *Une partie rouge* en français, où l'autrice mène une sorte d'enquête poétique sur sa propre famille, victime d'un épouvantable fait divers avant sa naissance. Nous parlions des rapports entre roman et autobiographie, et de ce genre intermédiaire nommé autofiction, où l'auteur se raconte de façon plus ou moins transparente à travers des péripéties romancées. Pour ma part, j'ai choisi mon camp il y a longtemps : le roman romanesque à personnages et intrigue. Je m'y tiens fermement plantée et je le clame haut et fort, même quand on ne me pose pas la question.

Sauf que, dis-je aux universitaires.

Sauf que, depuis quelque temps, je caresse l'idée d'un récit où je pourrais enfin dire LA VÉRITÉ. Comme si je savais ce qu'est la vérité. Comme si cette vérité ne logeait pas dans les romans et que l'autobiographie permettait de l'affronter toute nue au lieu d'en passer par des détours. Comme si le roman n'était qu'artifice pour préserver l'entente des familles. J'ignore pourquoi j'ai raconté ça à des personnes que je ne connaissais pas la veille, ça dont je n'avais parlé à quiconque auparavant. On s'éloignait du sujet. L'universitaire masculin a contenu son impatience. On n'est pas obligé, a-t-il balayé avec un geste à l'avenant – pas obligé d'étaler sa vie, de se raconter autrement que dans les romans. L'universitaire féminine voulait parler de féminisme et n'a pas commenté. J'ai répondu Oui, mais moi j'ai quand même une bonne histoire, et la conversation s'est arrêtée là. J'étais déjà prête à nous trahir, ma mère et moi, pour une bonne histoire.

Que les choses soient claires. Je ne crois pas aux flashes, aux visions, à toutes ces fariboles fabriquées pas cher pour augmenter le réel à peu de frais quand il n'y a que le langage pour lui donner corps, épaisseur, direction. Mais à l'été 2019, j'ai vécu une expérience que je ne saurais pas qualifier autrement. Je me promenais au bord de la falaise, sur le sentier des douaniers, dans le Finistère. Mes pensées dérivaient au gré de la marche et du vent. Il faisait un temps trouble des côtes du Nord, quand l'écume se mêle à la brume et celle-ci aux nuages. Le gris de l'eau, le vert de la lande teintaient la lumière, diluant les contours trop nets de la rive. C'était un tableau breton, un tableau anglais. J'ai pensé à ma famille. Tous les ans, je passe une semaine chez ma cousine Kate, dans un village de vieilles bâtisses à bow-windows, jardins luxuriants de fleurs et d'oiseaux marins. Le matin, je marche longuement sur la plage qui s'étend sur plusieurs kilomètres au pied de la falaise. Les images de l'Angleterre se superposaient au paysage sous mes yeux. Je pensais à nous toutes, puisque notre clan se compose essentiellement de femmes, à Kate, qui a vingt-deux ans de plus que moi et une fille de mon âge, à sa sœur Alice, qui a vingt ans de plus que moi et, elle aussi, une fille de mon âge. La mère de Kate et Alice était la sœur aînée de ma mère. Ma tante Betty a eu ses filles jeune, ma mère m'a eue tard, cela explique la différence d'âge entre mes cousines et moi. Betty est morte il y a longtemps. C'était une femme très belle et très pénible, dont la fin a été accueillie comme l'ultime manifestation de la névrose et, il faut l'avouer, un certain soulagement. J'ai rarement entendu ma mère ou mes cousines prononcer une parole favorable à son endroit. Pour ma part, je nourris une affection secrète envers ma tante impossible, et la sensation que, dans l'agencement de notre lignée, les pièces s'emboîtent mal.

Kate et Alice ne se ressemblent ni sur le plan physique ni au point de vue du tempérament. La première est ronde et joviale, la seconde fine et discrète. Mais leurs prénoms sont toujours accolés, Kate-and-Alice, comme s'ils n'en formaient qu'un désignant une créature double. Kate-and-Alice habitent deux villages à proximité. Elles se téléphonent tous les jours. Rien de ce qui touche l'une n'est indifférent à l'autre. Pourtant ma mère témoigne d'une indéniable préférence envers Alice. De tout temps, elle a discerné chez celle-ci les plus hautes qualités, quand je n'avais, par comparaison, que d'épouvantables défauts dont l'addition conduirait fatalement à ma perte. Lorsqu'elle se rend en Angleterre, elle séjourne toujours chez Alice, moi chez Kate. Les personnes ressemblantes assemblées, nous aurions moins de problèmes et des vies mieux accordées.

Sur le sentier breton, je pensais à notre famille quand je me suis rappelé une formule que j'avais souvent employée pour nous décrire. Et, dans le même mouvement, les mots qui la constituaient se sont retournés pour produire un tout autre sens. La nouvelle phrase a crevé l'horizon. Dans un éclair, le paysage s'est recomposé sous mes yeux. À peine différente de l'ancienne, elle signifiait que nous avions bâti nos existences sur une fiction. En elle se résolvait tout ce qui demeurait inexpliqué dans nos vies.

J'ai plongé dans un tunnel durant plusieurs jours. Il n'était pas question de me confier aux amis avec qui je passais les vacances. Prétextant je-ne-sais-quoi pour me soustraire aux activités collectives, je suis restée à observer la phrase. Pendant qu'ils partaient en balade, je l'ai scrutée dans ses moindres détails, comme un objet miraculeux et terrifiant. Fascinée, j'ai suivi les myriades de ramifications qu'elle creusait dans nos vies, examiné tout ce qu'elle remodelait de mes perceptions depuis l'enfance. Puis j'ai repris le train vers Paris et je l'ai oubliée. Je l'ai écartée de ma conscience, sans effort, et n'y ai plus pensé pendant des mois.

La phrase m'est revenue un an plus tard. Je travaillais avec une metteuse en scène à la chartreuse de Villeneuve lez Avignon lorsque ma mère m'a appelée pour m'apprendre la mort d'un ami cher. La nouvelle m'a causé un choc. Cet homme m'avait servi de père de substitution à l'époque où je ne voyais pas mon vrai père. Je m'organisais pour me rendre à la cérémonie quand la phrase a fondu sur moi. De nouveau, je me suis engouffrée dans le tunnel pendant plusieurs jours. Mais cette fois, je ne l'ai pas oubliée en rentrant à Paris. J'en ai parlé à Michaël, à des amies. Je la leur ai rapportée pour qu'ils me remettent les idées en place. Je voulais entendre que j'étais très forte pour inventer des histoires, cela relevait en quelque sorte de mes attributions professionnelles, maintenant il fallait redescendre sur terre. Tous m'ont pressée d'interroger ma mère, de façon urgente. Elle avait plus de quatre-vingts ans et se préparait à tout emporter avec elle, éventuellement se livrer sur son lit de mort, mais on ne pouvait tabler sur cette hypothèse, et je risquais de ne jamais savoir.

Je ne rencontrais d'ordinaire aucun problème pour évoquer les sujets désagréables avec ma mère. Parce qu'elle excellait à mettre les choses sous le tapis, je m'illustrais dans le grand déballage. Cette fois, j'ai buté contre un mur intérieur. La phrase ne voulait pas sortir. Elle refusait. Je ne parvenais qu'à donner des petits coups de pique, des petits coups de pioche, posant des questions faussement innocentes dans l'espoir de déclencher une confession ou, au contraire, la preuve que je faisais fausse route. Ma mère m'avait beaucoup parlé de sa jeunesse. Mais elle esquivait soudain avec une agilité rare, ne lâchait aucun indice dans un sens ou dans l'autre. J'ai naturellement interprété ses dérobades comme un aveu. Elles m'ont fait passer de l'hypothèse à la certitude et inversement. Aussi bien, je me trompais. Aussi bien, j'interprétais ses réactions avec un biais de confirmation, ce défaut d'esprit scientifique qui conduit à ne retenir de la réalité que les signes qui vont dans le sens d'une opinion préconçue.

J'ignore à quel point ces provocations ont pesé sur elle. Ce qui pesait ostensiblement sur ma mère à cette période, c'étaient les problèmes continuels avec sa Freebox, avec la banque, avec l'administration. Elle en devenait folle. Mais elle finissait toujours par y arriver. Je refusais de mettre le nez dans ces démarches dont je savais qu'il me faudrait un jour les accomplir à sa place. Si je lâchais sur ce terrain, elle se reposerait sur moi pour toutes les difficultés de la vie quotidienne, et j'avais la ferme intention qu'elle entretienne ses solides facultés intellectuelles le plus longtemps possible, de préférence jusqu'à la fin. Ce n'est pas ce qui s'est produit. Aujourd'hui, je reste seule avec la phrase.

3

Ma mère est transportée à l'hôpital de la Charité-Arbitraire, dans la salle des urgences vitales. Les résultats du scanner arrivent au bout de trois heures. C'est grave, c'est très grave, dit la jeune interne que j'intercepte entre le comptoir d'accueil et les portes coulissantes. Je demande ce que ça veut dire, grave. Elle explique que ma mère a chuté suite à la projection d'un caillot sanguin dans l'artère qui irrigue l'hémisphère cérébral gauche. L'occlusion a entraîné une paralysie du côté droit, puis l'accident s'est transformé en hémorragie. L'hématome est « impressionnant ». Il masque l'étendue des tissus nécrosés, privés d'oxygène pendant toutes ces heures, mais les dégâts sont forcément considérables. L'hémorragie ne peut pas être arrêtée, le saignement est trop profond. Il est impossible de tenter une chirurgie pour revasculariser la zone atteinte. Le cerveau va progressivement se noyer dans le sang, enfler à l'intérieur de la boîte crânienne jusqu'à provoquer la mort. C'est l'affaire de quelques heures, quelques jours au plus. De toute façon, à ce stade, chacun sait qu'il vaut mieux ne pas en réchapper.

La jeune interne aussi veut des réponses. Elle parle d'anticoagulants. Ma mère prenait-elle des anticoagulants. A-t-elle arrêté de les prendre, quand et pourquoi. C'est un facteur aggravant qu'elle en prenne. C'est aussi un facteur aggravant qu'elle n'en prenne pas. Je ne comprends rien à son histoire d'anticoagulants ni pourquoi elle s'obstine sur ce point puisqu'il n'y a rien à espérer. Mais elle veut absolument remonter le fil, établir la chaîne de causalité. J'explique le visage tuméfié, l'ecchymose sur la tempe et le pourtour de l'œil. Les souvenirs des jours précédents remontent peu à peu.

Quand je suis arrivée chez elle le vendredi soir, ma mère portait des lunettes noires, ainsi qu'elle avait coutume de le faire dès que la lumière était trop forte dans l'appartement. Comme je ne remarquais rien d'inhabituel, elle les a ôtées. Comme je ne remarquais toujours rien, elle a soulevé sa frange. Sous le fond de teint, j'ai discerné les traces rouge-noir, le gonflement du front. Quelques jours plus tôt, elle avait trébuché sur la passerelle qui enjambe la Seine entre le parc de Bercy et la bibliothèque François-Mitterrand et chuté sur la tempe. Une passante avait insisté pour appeler les secours. Elle avait fermement refusé et clopiné jusqu'à chez elle, à cinq cents mètres de là. Le lendemain, un large hématome s'était développé autour de l'œil. Elle s'était rendue chez son médecin. Depuis peu, il lui prescrivait des médicaments pour le cœur. Elle était furieuse contre ce traitement. En aucune manière, elle n'entrerait dans la catégorie des cardiaques : elle prenait grand soin de sa santé et n'avait rien à voir avec ce ramassis de sédentaires amateurs de charcuterie. Le médecin l'avait auscultée. Il n'avait rien décelé d'anormal dans ses battements de cœur et déclaré que la crise était passée. Oui, tout va bien, madame Deck, vous pouvez arrêter les anticoagulants, c'est à cause d'eux que vous avez ce vilain saignement sous-cutané, de toute façon vous avez rendez-vous avec la cardiologue la semaine prochaine pour faire le point. Quand ma mère m'a rapporté cet échange le vendredi soir, elle exultait. Elle avait un gros bleu à la tempe, mais elle n'était plus cardiaque, redevenue celle qu'elle était depuis bientôt quatre-vingt-cinq ans, alerte de corps et d'esprit, et paraissant dix ans de moins que son âge.

À mesure que je rapporte ces informations à la jeune interne, je devine que le médecin traitant a commis une erreur d'appréciation, voire qu'il a fait une grosse connerie. L'interne ne commente pas le diagnostic du généraliste. Premier enseignement de l'hôpital : quand un médecin n'abonde pas immédiatement dans le sens d'un confrère, il dément.

Et maintenant, rien. Pas d'oxygène, pas d'eau, pas de perfusion. Ma mère est branchée à une machine qui débite les constantes vitales – pouls, taux d'oxygène dans le sang, température – et c'est tout. Elle a fini par s'endormir, respire lourdement par la bouche. Je regarde l'air entrer et sortir de ses lèvres. Mes yeux la fixent sans pouvoir se détacher. Bientôt l'univers se résume à cette bouche qui respire, mais pour combien de temps.

Michaël, mon amie Valeria ont proposé de me rejoindre. J'ai refusé. La mort de ma mère ne concerne que ma mère et moi. Je ne veux pas qu'on me tienne la main. Je ne veux pas qu'on me distraie. Je veux effectuer cette traversée seule avec elle. De l'autre côté, il n'en restera qu'une. Les visions de la bouche s'entrechoquent avec les souvenirs de la veille. Lorsque je l'ai quittée le samedi après-midi, elle était en train d'étendre le linge. Après mon départ, elle est allée chercher ses lunettes. Elle ne les portait pas quand je suis partie, elle les avait quand je l'ai retrouvée. Je venais de lui faire la remarque qu'elle ne les mettait pas assez souvent, sur un ton désagréable. Nous partagions une tisane après le repas, et elle avait laissé tomber sa tasse en la reposant sur le plateau. Sa maladresse m'a toujours horripilée. Elle disait que c'était sa mauvaise vue, elle n'avait jamais su estimer les distances. La porte refermée, elle a donc chaussé ses lunettes, et elle est retournée étendre le linge. J'imagine qu'elle a levé les bras pour suspendre une robe ou un sous-vêtement et qu'elle a été prise d'un malaise. Elle s'est affaissée sur le carrelage, sans se cogner la tête – le sang que j'ai vu sur le bord de la baignoire vient d'une égratignure à la main gauche. Elle s'est agrippée pour se remettre debout, mais elle n'a pas réussi parce que tout le côté droit avait cédé. Était-elle consciente lorsque c'est arrivé. A-t-elle compris qu'elle faisait un accident cérébral. A-t-elle pensé aux médicaments qu'elle n'aurait peut-être pas dû arrêter quelques jours plus tôt, une semaine avant le rendez-vous avec la cardiologue, rendez-vous qu'elle n'honorerait maintenant jamais. A-t-elle pensé qu'elle et son médecin avaient fait une grosse bêtise, aux conséquences énormes et définitives. Ou était-elle triste à cause de notre conversation, que je me sois énervée parce qu'elle avait renversé sa tasse. Était-elle triste par ma faute, qu'avec le temps je reste aussi prompte à la critique alors qu'elle-même s'était adoucie, en avait rabattu de la rigueur parce que ça ne valait plus la peine, nous nous en étions sorties, et même plutôt bien. Était-elle triste à cause du corps qui lâchait en dépit de son agilité mentale intacte et de tous ses efforts pour se maintenir en forme, l'exercice physique régulier, une alimentation irréprochable, le soin apporté à ses vêtements, à sa coiffure, au maquillage. A-t-elle désespéré. S'est-elle souvenue que je revenais le lendemain et qu'il suffisait de tenir, d'attendre mon retour pour que je la tire de ce mauvais pas. S'est-elle accrochée à cette pensée au lieu de mourir, à l'idée que nous nous retrouverions bientôt.

Vers le milieu de la nuit, la salle des urgences vitales est réquisitionnée pour un autre patient. On nous déplace dans un box. Ma mère dort toujours. Les constantes sont constantes. Je la regarde et j'attends. Au lever du jour, une ambulance nous transporte vers le bâtiment de l'IRM. On véhicule ma mère dans un couloir puis un autre. Je titube vers un infirmier et lui pose une question dans cet état de conscience modifiée que provoque la très grande fatigue. Je ne comprends même pas ce que je dis. L'IRM confirme les résultats du scanner – rien à faire, rien à espérer. L'ambulance nous ramène aux urgences. Tous les box sont occupés, on nous laisse dans le couloir. Je pense que c'est pour quelques minutes, le temps de trouver un endroit plus approprié. Ça fait douze heures que nous sommes ici. Ça fait quinze heures. Je suis surprise qu'on laisse mourir quelqu'un au milieu des arrivages incessants d'entorses et de bras cassés. Je veux revoir un médecin. Est-ce qu'on est sûr. Est-ce qu'on peut installer ma mère dans une chambre. Est-ce que je peux rentrer prendre une douche et revenir. C'est comme vous voulez, madame, c'est à vous de voir. Je sens que je fatigue tout le monde avec mes questions. Les gens sont occupés. Enfermés dans un bocal, les internes consultent des ordinateurs, parlent au téléphone. Ils gèrent le flux. Seul le personnel de ménage se hasarde auprès des patients. Je finis par tomber sur l'aide-soignant qui nous a accueillies la veille. Il reprend son service et n'en revient pas que nous soyons toujours ici. À force de guetter, je coince une médecin qui s'est aventurée hors du bocal. Elle est chirurgienne orthopédiste, ne peut pas me répondre mais va se renseigner. Ça fait dix-huit heures. C'est toujours dix de moins que le temps passé par ma mère sur le sol de la salle de bains.

Michaël me rejoint à la porte des urgences. Je lis sur son visage que je suis défigurée. Il n'a pas le droit d'entrer à cause du Covid (un patient, un accompagnant). Je fais des allées et venues entre le dedans et le dehors. Sur le parking des ambulances, j'appelle mon éditeur pour annuler les rendez-vous de la semaine. J'appelle mon père pour le prévenir que son ex-femme va mourir. J'appelle ma cousine Kate et lui dis de prévenir sa sœur Alice. Kate demande des précisions. Lorsque ma mère l'a appelée le vendredi pour lui souhaiter son anniversaire, elle paraissait en forme. Elle n'a pas évoqué la chute qu'elle avait faite sur la passerelle. Sans doute pour ne pas l'inquiéter après celle qu'elle avait faite en Angleterre, suppose Kate. Quelle chute, je demande. La chute dont il ne fallait pas te parler, s'embrouille ma cousine. Sur le parking, je comprends qu'on me cache des choses, et même des informations assez importantes, depuis des mois. Je verrai ça plus tard. Dans le bocal, on m'assure qu'on cherche une chambre. L'après-midi est bien avancé. Ma mère somnole. Michaël et moi faisons un saut chez elle pour que je prenne une douche.

Pendant que je fais tourner les vêtements souillés dans le lave-linge, Michaël nettoie le sang sur le bord de la baignoire. Sous le jet d'eau, je fixe le carrelage où ma mère est tombée. La salle de bains ne s'est pas transformée du fait de ce qui s'y est produit. Elle n'a vu personne chuter, appeler, essayer de se remettre debout, renoncer, reprendre espoir, renoncer à nouveau, pas davantage que ne l'ont entendue les voisins d'à côté, les voisins du dessus, les voisins du dessous. La salle de bains n'a rien à dire, aucun secret à livrer. La réalité est ailleurs. Elle est à l'hôpital, où je retourne voir ma mère mourir.

4

Eleanor Ann naît en 1937 à Billingham, à quatre cents kilomètres au nord-est de Londres. Trente ans plus tôt, Billingham n'est rien, un bled rural de quelques centaines d'habitants. En 1937, c'est un immense complexe industriel. Après la Première Guerre mondiale, l'agriculture s'intensifie, puis la guerre menace de nouveau. Il faut beaucoup de nitrates pour fabriquer des engrais et des explosifs. Jusqu'ici, le Chili exportait généreusement ses nitrates naturels vers l'Empire britannique. Mais l'Amérique du Sud est loin, et les bateaux risquent de mauvaises rencontres dans les mers infestées de sous-marins allemands. Des circonstances favorables font de Billingham l'emplacement idéal pour produire des nitrates synthétiques. On construit une centrale électrique, une usine, des infrastructures, des bureaux. Une chose en entraîne une autre, bientôt on raffine du pétrole, on fabrique du goudron, du ciment, du plastique, du polyester, du nylon, des colorants, merveilleux produits qui permettent à tout un chacun d'entrer dans la modernité. Les usines se multiplient, les entreprises se rachètent entre elles. Au début des années 1930, elles n'en forment plus qu'une, Imperial Chemical Industries, les industries chimiques impériales. ICI emploie dix mille personnes. Le krach de 1929 provoque une récession dans tout le pays. ICI résiste et se développe encore, devient la première usine de produits chimiques au monde. La main-d'œuvre afflue pour fuir la misère, jouir des progrès de l'industrie et des sidérants plaisirs du XXe siècle. Des quartiers d'habitation s'élèvent aux portes du site, des écoles, des magasins, des cinémas.

George Frayter arrive de Newcastle, une grande ville sinistrée située encore plus au nord. Orphelin, il est élevé par ses sœurs jusqu'au certificat professionnel, puis il entre chez ICI comme ouvrier spécialisé. Les usines tournent jour et nuit, monstres d'acier crachant le feu. Dans des nuages de sulfates, les ouvriers font les trois-huit – six à quatorze heures, quatorze à vingt-deux ou vingt-deux à six, à tour de rôle du lundi matin au samedi midi. George répare les machines. Une équipe de réparateurs doit se tenir prête à intervenir en permanence, sous peine de ralentir la production. Comme de nombreux ouvriers célibataires, il loue une chambre dans une famille. À vingt-cinq ans, il n'a rien vu d'autre que l'usine et la maison des Charlton.

Matthew Charlton possédait une entreprise de bâtiment. La crise de 1929 l'a ruiné. À cinquante ans passés, il est devenu maçon pour subvenir aux besoins de sa progéniture. En dépit d'une répugnance affichée pour toute espèce de plaisir – jamais d'alcool, pas de jeu de cartes à la maison –, Matthew a engendré douze enfants. Sa femme les a portés, nourris, éduqués. Les aînés travaillent chez ICI ou ont épousé des hommes employés par la firme. Restent un petit garçon et trois grandes filles, Lily, Marge, Olivia. Toutes les trois ont l'âge d'exercer un métier. Mais il n'est pas question que les filles travaillent, quand bien même elles le désireraient ardemment : ce serait déchoir. Pour boucler les fins de mois, la famille loue une chambre laissée vacante par les aînés. Petit jeune homme correct et discret, la tête de Jean-Paul Sartre sur le corps de Charlot, George ne risque pas de faire ombrage au chef de famille. Matthew a toujours été fier de sa stature imposante. Mâchoire carrée, il arbore un sourire sûr de son physique et de sa position dans l'existence.

Toute la journée, Lily, Marge et Olivia assistent leur mère dans les tâches domestiques – nettoyage, lessive, reprisage, tricot –, qui ne sont pas déchoir mais dans leur nature. Quand George traverse la maison, elles lèvent un instant les yeux de leur ouvrage. Peut-être son image défile-t-elle encore sous leurs paupières lorsqu'elles s'endorment.

À vingt et un ans, Olivia a des cheveux roux incroyables et une passion pour la lecture. Plus jeune, elle excellait dans toutes les matières scolaires. L'institutrice lui avait proposé de la seconder. À son côté, elle apprendrait le métier puis enseignerait à son tour. La jeune fille en avait conçu une joie sans bornes. Elle allait se consacrer à l'étude, gagner son indépendance : il suffisait d'obtenir l'accord de son père. Matthew répliqua en la retirant aussitôt de l'école. Elle ne lui a pas tenu rigueur de cette décision. Olivia révère le patriarche drapé dans les lambeaux de sa gloire. Elle caresse son rêve enfui avec une désolation navrée, presque attendrie face au caprice de cet homme, comme s'il ne représentait qu'une bizarrerie de plus à supporter pour continuer à bénéficier de son ombre tutélaire. Or ça fait maintenant sept ans qu'elle restreint sa passion de l'étude à l'étude du balai. Elle n'a jamais tenu la main d'un garçon. Sans doute s'éprend-elle sincèrement de George, et sans doute prend-elle la première porte de sortie qui s'offre à elle.

George et Olivia se marient en 1930. Ils achètent à crédit une maison typiquement agencée, à la lisière de Billingham et des champs. Côté rue, *the sitting-room*, la pièce où l'on s'assied. C'est ici que l'on reçoit les visiteurs, que l'on se retire le soir pour lire le journal, écouter la TSF. C'est ici que, bientôt, on regardera passionnément la télévision. Côté jardin, *the living-room*, la pièce où l'on vit, la mieux chauffée grâce au four situé dans la cuisine attenante. À l'étage, deux chambres et une salle de bains. Les toilettes se trouvent sous l'escalier. La petite maison offre un confort inouï pour la classe ouvrière de l'époque – deux pièces de jour, des chambres distinctes pour les parents et les enfants, des sanitaires, un grand jardin, un potager.

Un an après leur mariage, George et Olivia ont une première fille, Elizabeth, dite Betty. Ils vivent à leur aise. ICI se flatte d'être un bon employeur. En l'absence de protection sociale obligatoire, la compagnie ouvre un centre médical pour ses salariés. Elle propose toutes sortes de loisirs à leurs familles, incite les jeunes à poursuivre des études (si possible à devenir ingénieurs pour ICI), octroie une petite pension. En contrepartie, les ouvriers exercent des activités répétitives et dangereuses. Il y a souvent des départs de feu à cause des matières explosives. Le site s'est démesurément agrandi. Sur des dizaines d'hectares s'étire un paysage délirant de tourelles qui crachent, clignotent et fument, de câbles et de tôles enchevêtrés.

L'année de naissance de Betty paraît *Le Meilleur des mondes*, un roman qui fait connaître son auteur à la terre entière. La description d'un univers futuriste, entièrement mécanisé et heureux par le miracle de la chimie, doit beaucoup à l'expérience d'Aldous Huxley chez ICI. Éduqué dans les meilleures universités, l'écrivain a brièvement travaillé pour la firme. Le titre du livre s'entend avec ironie. Afin que ce monde soit le meilleur, on y fabrique les humains en série – des Alphas pour occuper les fonctions nobles et beaucoup de catégories inférieures, proches de la débilité, pour exécuter les basses œuvres. Ainsi, chacun y trouve son compte, les Alphas d'exercer le pouvoir et les autres d'actionner les machines. *Le Meilleur des mondes* reflète le point de vue d'un jeune intellectuel épouvanté que des humains consacrent leur vie à visser des boulons. On peut voir les choses autrement. On peut estimer que cela constitue un progrès de ne pas mourir de faim dans un antre malpropre où cohabitent trois générations, comme dans les régions minières décrites par George Orwell à la même époque ; de travailler huit heures par jour au lieu de douze ; d'avoir des loisirs et une bonne épouse qui tient le repas au chaud pour le retour de l'usine.

Olivia se révèle excellente cuisinière. Elle fait rôtir les viandes, les légumes du potager, confectionne les sauces et les pâtes. À l'heure du thé, la table se couvre de gâteaux, génoises à la crème, *pies*, scones, biscuits. Elle aime aussi coudre. Quand le bébé dort, elle peut lire. Elle n'est pas pressée d'en avoir un autre. Olivia a quand même retenu quelque chose de l'expérience de ses parents. George peut se draper dans son désir comme Matthew dans son orgueil : elle n'a aucune intention d'élever un troupeau d'enfants. Betty a cinq ans à la naissance de sa sœur, baptisée Eleanor Ann comme la mère d'Olivia, et c'est par celle-ci que les problèmes arrivent.

À la naissance de la petite Eleanor Ann, dite Ann, la mère d'Olivia a près de soixante ans. Ses douze enfants ont quitté la maison. Elle va enfin pouvoir se reposer. Elle va se prélasser à cent pour cent et très durablement, peu importe le prix pour son entourage. Du jour au lendemain, elle ne quitte plus le lit. On ignore si une affection physique l'en empêche ou si cette incapacité procède d'un refus total et définitif, d'une grève de l'existence à quoi l'a conduite une vie d'abnégation forcée. Matthew travaille toujours comme maçon, il ne peut s'occuper de son épouse invalide. Pour cela, il faut une personne infiniment dévouée – ciel, qui cela peut-il être, Lily, Marge, une des aînées ? Et voici Olivia qui ne détourne pas les yeux, Olivia pleine de prévenance et d'attentions pour ses vieux parents, et voici Matthew et son épouse qui débarquent, installés à demeure dans le sitting-room.

Soudain la maison n'est plus si confortable. Olivia s'occupe du bébé, de la petite Betty, et surtout de sa mère, qu'il faut soigner, laver, changer à toute heure. Elle passe son temps à lessiver des draps. Puis il faut encore nourrir les hommes, dont les horaires ne concordent jamais, entre les services de nuit de George et les chantiers où Matthew embauche à l'aube. À sa décharge, le grand-père assume sa part de tourments. Il dort sur une chaise longue à côté de son épouse alitée, sans cesse réveillé par des lubies qui la prennent au milieu de la nuit. Quant à George, il recommence à errer comme une ombre, allant et venant de l'usine, dormant le jour, cultivant son potager pour seul loisir. Ainsi, dans cette maison serrée, chacun devient plus ou moins l'esclave des autres, privé d'aspirations et de plaisirs. Et c'est dans cette atmosphère enviable que grandissent ma tante Betty et ma mère Ann.

5

Le bâtiment des urgences abrite un service où l'on hospitalise, pour un jour ou deux, les patients dont on ne sait pas quoi faire. On n'y pratique pas à proprement parler la médecine, mais l'observation et l'aiguillage. Ici, pas la peine de chercher des informations. Il y a bien un bocal au milieu du couloir mais personne à l'intérieur. Dans la chambre de ma mère filtre un soleil doré. Des feuillus scintillent derrière la vitre, une brise soulève délicatement le store. Elle ouvre un œil, me reconnaît, prononce la première phrase intelligible depuis que je l'ai retrouvée.

I think I would quite like to have a cigarette now, Maintenant je voudrais bien une cigarette.

Ma mère n'a jamais fumé. Je sens fort la cigarette. Depuis la veille, j'ai fumé tout ce que je pouvais sur le parking des ambulances.

Ensuite elle dit *sausages*.

Je demande si elle a faim.

Oui, elle voudrait des saucisses. *And carrots*.

Je ne l'ai jamais vue manger des saucisses-carottes, enfin pourquoi pas.

Sinon qu'elle n'a pas le droit de manger, rien, même pas de boire. L'accident cérébral a inhibé le réflexe de déglutition, elle risque d'avaler de travers et de s'étouffer. Cependant, si la patiente va mourir et qu'elle réclame à boire, je ne vois pas de bonne raison pour l'en priver. Mais je fais ce qu'on me dit. Je lui explique pourquoi elle ne doit rien ingérer.

I'm sure a sandwich would be alright.

Quoi, même pas un petit sandwich ? Nous sommes lundi soir, son dernier repas remonte à samedi midi. Il y a quelque chose de dissonant à ce qu'une personne aux portes de la mort demande à manger.

Son téléphone vibre au fond de mon sac. En repartant de chez elle, j'ai eu le réflexe de l'emporter. C'est une secrétaire médicale. Elle veut savoir pourquoi madame Deck n'est pas venue chercher ses résultats d'examen, qu'elle doit apporter demain à la cardiologue. Je décris la situation. La secrétaire me met en communication avec la médecin du laboratoire. Par elle, j'apprends que, la semaine passée, ma mère s'est fait poser un appareil pour mesurer ses battements de cœur. Les résultats sont arrivés au labo vendredi soir. Ils révèlent un trouble du rythme qui favorise la projection de caillots dans le cerveau. Je dis que ma mère a arrêté les anticoagulants dans les jours qui précèdent, après une chute, sur le conseil de son médecin. Je demande si c'est un facteur aggravant. La médecin du labo répond que tous les patients qui prennent ces produits sont avertis de la marche à suivre en cas de choc à la tête : ils doivent filer chez leur généraliste, et celui-ci doit leur prescrire un scanner avant de décider quoi que ce soit. Je dis que ma mère a attendu les secours près de vingt-huit heures, je demande si ça aurait changé quelque chose que je la retrouve plus tôt. La médecin du labo ne répond pas à ma question et me souhaite bon courage.

Le jour baisse. Je regarde ma mère sur son lit

d'hôpital. Je ne sais pas quoi faire, si je dois rester ou rentrer pour la nuit. Quand l'infirmière passe, je sollicite son point de vue. Elle hausse les épaules. Je peux dormir ici, si je veux, on me trouvera un lit. Sous-entendu : au cas où la situation empirerait. Mais elle ne se prononce pas car, après tout, qu'est-ce qu'elle en sait. C'est vrai, on ne peut pas exiger du personnel soignant qu'il sache ce qu'il ne sait pas. On aimerait cependant que, sur le sujet de la vie et de la mort, il se montre un peu plus disert, surtout s'agissant de votre mère unique. J'ignore combien le personnel soignant a de mères. Peut-être en a-t-il plusieurs. Peut-être en a-t-il un grand nombre, assez pour se permettre d'en sacrifier quelques-unes et que cette perte ne représente pas un drame, d'où sa nonchalance concernant la mienne.

Je n'ai aucune envie de passer une deuxième nuit à l'hôpital. Ce soir, je veux me coucher dans un pyjama et un lit. Je me demande si je dois me sentir coupable. Je me demande qui va me culpabiliser. Certainement pas ma mère, qui émerge de l'inconscience pour y replonger aussitôt. Je l'observe. Je n'ai pas l'impression qu'elle va mourir cette nuit. Il me semble qu'elle attendra demain ou plus tard. Je ne peux pas rentrer chez moi parce que j'habite Tours, à deux cent cinquante kilomètres – quand j'y suis, c'est-à-dire ni en voyage ni chez Michaël ou chez ma mère. C'était une vie flottante et confortable, je n'en désirais pas d'autre. Soudain je prends conscience que tout ça, c'est fini. Donc je rentre chez ma mère, prends une double dose de tranquillisants et m'écroule sur le canapé-lit du bureau.

Le lendemain, la réalité saute à la figure. Je me précipite à l'hôpital. Ma mère dort toujours, les constantes sont constantes. Elle est entièrement paralysée du côté droit. De temps à autre, elle marmonne des choses incompréhensibles. Les mots ne sortent pas ou se bousculent n'importe comment. Elle peut répondre à une question simple – est-ce qu'elle a soif (oui), est-ce qu'elle a mal (non). Au bout d'un moment, deux femmes se présentent. Elles sont gériatres dans l'équipe volante, c'est-à-dire qu'elles ne relèvent pas d'une unité précise, mais volent de l'une à l'autre par le truchement de leurs sandales en plastique ailées. Les médecins m'invitent à quitter la chambre. Je souhaite leur parler quand elles auront terminé leur examen. Elles répondent qu'elles s'entretiendront avec le chef de service, qui me causera à son tour. Derrière la porte, je m'effondre. Il n'y a pas l'ombre d'un chef dans ce service. Je sanglote dans le couloir désert quand apparaît une aide-soignante. Elle travaillait aux urgences lorsqu'on y a transporté ma mère, veut savoir si je me souviens d'elle. J'ai du mal à la reconnaître avec sa charlotte sur les cheveux, le masque qui lui couvre le bas du visage. Elle me serre le bras. Je pleure plus fort.

Les médecins ressortent de la chambre. Elles ont décidé de me parler : elles veulent transférer ma mère à l'hôpital Brico-Ouest, à l'extérieur de Paris. Je n'ai jamais entendu parler de cet établissement. Il s'agit d'une institution spécialisée en gériatrie, me rassurent-elles. Surtout, il dispose d'un service de neurologie, le plus adapté pour ma mère. Je dis qu'ici, c'est mieux. C'est plus près de chez elle, il y a de la neurologie et de la gériatrie, et c'est un hôpital mondialement réputé. Elles insistent. De leur point de vue à elles, c'est mieux là-bas. Je demande si le fait que ma mère a passé vingt-huit heures au sol a empiré son état. Pas du tout, affirment-elles : à son âge, on n'aurait rien tenté de toute façon, on aurait attendu de voir comment évoluait l'accident. Hier soir, l'interne des urgences a pourtant suggéré le contraire. Je dis qu'à ce stade, si j'ai bien compris, le plus probable et aussi le plus souhaitable, c'est la mort. Elles parviennent à hocher la tête de manière parfaitement illisible, sans que le mouvement soit ni vertical, ni horizontal, ni même circulaire – sans doute un truc qu'on apprend à l'école de médecine. Je veux savoir si cet hôpital Brico-Ouest est loin, s'il y a le métro. Oh oui, tout à fait, et même le train de banlieue. Je dis D'accord. Grossière erreur. Qu'une solution soit meilleure pour les médecins ne signifie pas qu'elle soit meilleure pour la patiente.

En attendant, toujours rien. Pas d'examen complémentaire, pas de soins. Ma mère continue de flotter à la surface du sommeil. J'essaie de me représenter ce qui se passe dans son cerveau, le saignement qui continue, là où l'artère s'est rompue, l'hématome qui enfle autour de l'hémisphère gauche, les dégâts qui s'étendent. Soudain elle ouvre un œil et me fixe avec intensité.

Julia, you have to get a final stop now, you must, Julia, tu dois faire que ça s'arrête maintenant, tu dois.

Oui, elle veut que ça s'arrête, mais quoi. Veut-elle en finir ici et maintenant au lieu de poursuivre à travers les années dans la crainte perpétuelle de l'où et du quand, ou exige-t-elle la fin de cet incident regrettable, de se remettre debout, de reprendre sa vie interrompue dans un instant d'oubli. J'entends ce que je veux. Quand on me demandera s'il faut appuyer sur le bouton, je répondrai Oui. Mais où se trouve le bouton.

Et maintenant, le Covid. Les chambres individuelles sont réquisitionnées pour isoler les cas positifs, ma mère doit libérer la place. Je pense Que ce virus nous serve enfin à quelque chose, qu'il permette d'en finir, au point où nous en sommes. Mais l'hôpital protège les patients jusqu'au bout, même quand ça ne sert à rien. On transporte la patiente dans une chambre double de l'autre côté du couloir. Par la fenêtre, j'observe les ambulances éviter les lignes blanches comme des petites voitures sur une planche de Lego. Le regard de ma mère fuit vers le ciel. À un moment, elle se met à chanter.

Some are birds
Some are birds
Some are birds

Trois ou quatre fois sur la même mélodie

Ma mère n'a jamais chanté
Ceci n'est pas une chanson

Certains sont des oiseaux

Lendemain transfert
Elle m'attend, regard fixe
Serre ma main dans la sienne gauche
Droit dans les yeux, elle dit
Don't stop, don't
N'arrête pas, surtout pas

6

J'ai vécu avec ma mère jusqu'à l'âge de vingt-deux ans. La plupart du temps, nous étions seules toutes les deux. Elle m'a raconté pas mal de choses. Par la littérature, elle avait appris à façonner un récit, planter le décor, caractériser les personnages, nouer l'intrigue, enchaîner les péripéties jusqu'à un dénouement dramatique ou heureux, le plus souvent assorti d'une morale ironique, dans la veine des auteurs anglais. Le jour de l'accident, une vaste collection d'archives mentales s'est envolée. Je fixe les souvenirs qui me restent. C'est comme tendre la main à une personne qui bascule dans le vide. C'est un réflexe, une réaction mécanique pour retenir ce qui s'enfuit, faire obstacle à la disparition. C'est aussi une tentative pour répondre à la question que je n'ai pas pu poser à ma mère, résoudre l'énigme qui se trame dans ma famille anglaise depuis les années 1950.

Ann est baptisée par un pasteur anglican quelques jours après sa naissance. Je le découvre en tombant, dans ses papiers, sur son certificat de baptême. Autant dire que la religion occupera très peu de place dans sa vie. Le grand-père Matthew impose à la maison une morale puritaine et rigoriste, mais détachée des questions de transcendance. Ici l'on se tient droit, fier de ne rien devoir qu'à son salaire et à ses mœurs au-dessus de tout soupçon. Jamais on ne se mêle à l'autre partie de la classe ouvrière, celle qui boit, cause des troubles sur la voie publique, bat sa femme et ses enfants. Nous n'avons rien à voir avec ces gens. Le fossé entre eux et nous se révèle presque aussi infranchissable que celui qui nous sépare de la classe moyenne, des notables plus ou moins prospères mais tous reconnaissables à leur accent, leurs consonnes plus prononcées, leurs voyelles moins traînantes. Quant à la haute société, elle pourrait aussi bien vivre sur une autre planète. Nous n'en avons jamais aperçu l'ombre de l'ombre.

On vient de fêter les deux ans d'Ann quand la Grande-Bretagne entre en guerre contre l'Allemagne. L'usine de Billingham tourne à plein. ICI fabrique des explosifs, des fusils antichars, ainsi que le revêtement des cockpits de la Royal Air Force. Dans le plus grand secret, on y travaille sur l'uranium. L'ennemi a tout intérêt à détruire le site. À la déclaration de guerre, seize mille ouvriers sont renvoyés chez eux le temps de déplacer les bureaux, de construire une usine factice à quelques kilomètres et de peindre sur les toits du complexe industriel des motifs de camouflage pour égarer la Luftwaffe. Des ballons de barrage flottent au-dessus de la ville, grosses baudruches reliées à la terre par des câbles où s'empêtreraient les avions. À la nuit tombée, c'est le black-out. Pas une lumière ne filtre des maisons. Ann et sa sœur Betty sont souvent réveillées par les sirènes qui annoncent les attaques aériennes. La famille se précipite en robe de chambre vers l'abri qu'elle partage avec les voisins. J'ignore s'ils emmènent avec eux la grand-mère impotente, s'ils poussent sa chaise roulante vers le refuge enterré où tous se serrent en écoutant le fracas des bombes, ou si par pragmatisme ils l'abandonnent dans le sitting-room à prier pour que l'épargne le feu du ciel. Les frères d'Olivia se battent sur le continent, on attend anxieusement de leurs nouvelles. Le plus jeune disparaît pendant des semaines. Capturé en Italie, il rentre sain et sauf à la fin de la guerre, comme ses frères. Beaucoup de maisons ont été détruites. Les rues sont parsemées de ruines. Tous les jours, Ann et Betty traversent un paysage de murs écroulés, d'amoncellement de gravats, de trous de pierres, pour se rendre à l'école.

Ann porte un uniforme marron dont elle est fière et des pulls tricotés par Olivia dont elle a honte. Sévère et injuste, l'instituteur terrorise les enfants sages et frappe les insolents – l'un en particulier, qu'il a pris en grippe. Un jour, il le maltraite tant que le père vient se plaindre. C'est un événement. Si l'on protestait chaque fois qu'un instituteur cabosse un enfant, on n'en finirait pas. Ann a peur. Elle se tient coite. Elle aime apprendre. Tout compte fait, elle préfère l'école. À la maison, elle dérange.

Jour et nuit, Olivia accède aux caprices de sa mère alitée dans le sitting-room. Elle ne sort que pour faire les courses, avec les tickets de rationnement qui perdurent des années après la guerre et donnent droit à tant de farine, de sucre, de lait, de pain, de margarine, par adulte et par enfant. Olivia se dépêche de rentrer. Dès que les tâches ménagères lui en laissent le temps, elle se plonge dans un livre. Elle se passionne pour l'Antiquité, les récits de voyage, les femmes exploratrices. Dans les journaux, elle découpe les articles qui ont trait à l'archéologie, aux tombes des pharaons, qui continuent à l'époque de livrer leurs mystères. Elle éprouve à travers les pages ce qu'elle n'a pas la possibilité de vivre par elle-même, peut-être même pas le désir tant le réel inflige de fatigues et d'embarras, quand la lecture offre un plaisir expurgé du désagréable, dans le confort d'un fauteuil fleuri et d'un chat qui ronronne sur les genoux. En fin de journée reparaissent les hommes et les enfants, qui ont mené au-dehors une vie pleine de rebondissements. Ils rapportent des impressions du monde extérieur, mais celles-ci n'égalent jamais l'excitation procurée par les livres. Olivia a passé la journée en Égypte et en Mésopotamie. Dans la petite maison de Billingham, elle a remonté le Nil, visité les bords de l'Euphrate, exploré Babylone. À plusieurs reprises, elle s'est levée pour préparer du thé, prendre un scone dans la boîte à gâteaux, le tartiner de gelée de fraise. Elle en a oublié le repas. Et quand surgit la famille, elle lève un regard hébété au-dessus des pages. Elle n'en revient pas que ces silhouettes familières et pourtant lointaines, à peine émergées de la brume du souvenir, d'un claquement de porte aient le pouvoir d'anéantir l'Égypte et la Mésopotamie.

Les filles développent leurs stratégies, chacune selon son tempérament. Betty tient tête aux adultes, qui prétendent imposer leur loi au motif qu'ils la supplantent dans le nombre des années. Elle ne craint pas le conflit. Au contraire, elle adore. Ann déteste. La cadette opine à tout mais refuse de manger. Elle se nourrit exclusivement d'oignons blancs et de branches de céleri, les légumes cultivés dans le potager par George ou son ombre, on distingue à peine lequel agit des deux. En conséquence, Ann est *thin as a rake*, maigre comme un râteau. Elle est somnambule. La nuit, elle rêve d'Olivia en reine des renards, flanquée de ces animaux au sommet d'un immense escalier. Elle tombe souvent malade. L'hiver, une neige épaisse couvre les petits jardins bien tenus et les maisons en brique mal chauffées. Quand la température stagne autour de zéro, le chat se réfugie à l'intérieur, mais les lapins restent dans leur clapier. Après une nuit glaciale, on ne retrouve pas les lapereaux. La mère est énorme : elle a mangé ses enfants pour se tenir chaud.

Au printemps, Ann fuit dans la campagne avec sa copine Miranda. C'est avant que la rurbanisation n'agglomère les patelins en un tissu compact, où les maisons alterneraient sans discontinuer avec les zones commerciales et les usines abandonnées. Il y a un champ au bout du jardin. Ann et Miranda galopent sur des chevaux imaginaires, transforment la cabane à outils en navire de la marine royale, jouent à la tempête et au naufrage. Aux vacances, elles prennent le bus pour la côte. Des cabines de bain de toutes les couleurs bordent le sable au pied de la falaise. Elles nagent, se dorent au soleil ou arpentent la jetée en mangeant des fish & chips dans du papier gras. Le dimanche, elles vont à l'église parce que c'est la seule occasion de porter des gants blancs. Aucun adulte ne les accompagne. Ils n'ont pas assez de loisirs pour en sacrifier à un dieu auquel personne ne croit.

Par les murs minces comme du carton, il transpire que George tente de remettre un sujet sur la table avec Olivia. Or celle-ci en a terminé avec les contorsions pénibles qui mènent à la maternité. George est prié d'aller cultiver son jardin. Olivia a rejeté le sexe si loin du domaine de l'expérience que, lorsque Betty atteint douze ou treize ans, elle insiste pour que son aînée parte à vélo dans la campagne avec un ami de la famille, qui a grande envie de se promener avec elle. Betty n'aime pas cet homme, elle ne veut pas y aller. Avec un si bon ami ? rétorque Olivia. Il serait malvenu de refuser. Ann fait front avec sa sœur : si Betty ne veut pas, il ne faut pas la forcer. Mais Olivia a hérité de son père Matthew le don d'imposer ses vues à son entourage, et Betty doit rejoindre le bon ami de la famille. Elle ne raconte pas à Ann ce qui se produit au cours de ces lourds après-midi dans la campagne. Soudain, elle est intenable.

Au lycée, Betty présente des dispositions pour les matières scientifiques. Ses professeurs l'engagent à poursuivre des études, suggèrent qu'elle pourrait devenir médecin. L'argent n'est pas un obstacle : l'État accorde des bourses généreuses aux élèves méritants. Olivia rumine sa carrière empêchée. De toutes ses forces, elle encourage sa fille à viser un métier intéressant. Mais c'est son désir à elle, pas celui de Betty. Le désir de Betty, c'est de sécher les cours, de traîner jusqu'à pas d'heure avec de mauvais garçons. D'électrique, l'atmosphère dans la petite maison devient explosive. La médecine, Betty n'y croit pas. Pourquoi y croirait-elle ? La famille compte une quinzaine d'oncles et tantes, une flopée de cousins, et pas le moindre médecin ni une quelconque profession libérale à l'horizon. Après la guerre, plusieurs oncles ont entrepris des études financées par l'armée. Tous sont retournés chez ICI. Aucune tante ne travaille. À la place de Betty, il est permis de douter. Tout juste consent-elle à entrer en école d'infirmières.

Par contraste, Ann se révèle la plus studieuse élève qui se puisse imaginer. En dernière année de primaire, elle reçoit un mince agenda en cuir marron, le chiffre de l'année incrusté en lettres d'or sur la couverture. Elle tient désormais son journal. Dès son retour de l'école, elle fait ses devoirs. Quelle que soit la matière, elle figure toujours parmi les premiers de la classe. Au test de quotient intellectuel, elle marque un score de 130. Elle ne néglige pas pour autant les plaisirs qui s'offrent aux jeunes filles de son âge. Le lundi, elle a sa leçon de piano. Elle adore la « Lettre à Élise » et aime bien Mozart. Le mardi, elle fait son shampoing. C'est toute une affaire parce qu'il faut transférer l'eau chaude de la cuisine à la salle de bains, puis sécher sa coiffure selon un protocole sophistiqué afin que pas un cheveu ne dépasse. Le samedi, elle enchaîne les séances de cinéma avec sa copine Miranda. En noir et blanc ou en Technicolor, les actrices ont une classe incroyable. Ann étudie les silhouettes dans les magazines. Armée de crayons de couleur, elle réalise les siens. Deux feuilles pliées en deux forment une revue de huit pages intitulée *School Friend*. En couverture, une jeune fille prend la pose sur le sable. Elle porte un deux-pièces à rayures et un grand chapeau de soleil assorti. À l'intérieur, on découvre les conseils d'Ann pour apparaître en beauté sur la plage, de fausses publicités pour des cosmétiques ou des détergents et, surtout, les tendances mode. Les épaules sont droites, les tailles minuscules, les jambes interminables, soulignées par de courtes vestes cintrées, des jupes fuselées. Ann dessine bien, ses articles imitent à la perfection le style des revues féminines. Elle lit beaucoup. Son ouvrage préféré est *L'Île au trésor*, de Robert Louis Stevenson, où un garçon intrépide affronte une mer pleine de dangers pour conquérir un trésor.

Toute l'année, Ann passe des examens, remplit des dossiers. Jour après jour, elle consigne ces étapes dans son journal. Et comme ce qui se mérite se réalise invariablement, en septembre 1949 elle est admise à Cleveland School, une prestigieuse institution privée pour jeunes filles, au titre d'élève boursière.

L’allocation couvre l’intégralité des frais de scolarité jusqu’au bac. Autour d’elle, personne n’a réussi pareil exploit. Et comme un bonheur n’arrive jamais seul, la grand-mère alitée dans le sitting-room rend son dernier soupir, délivrant Olivia du fardeau qu’elle porte depuis douze ans.

7

L'hôpital Brico-Ouest occupe une large emprise entre la voie ferrée et la départementale, à une poignée de kilomètres de Paris. Il n'y a pas le métro ni le train de banlieue, c'est faux, à moins de marcher une bonne vingtaine de minutes sur des artères désagréables, parfumées aux pots d'échappement et ornées de détritus. Il y a des bus qui vont je ne sais où, certainement pas dans ma direction. Autrefois, c'étaient des champs. L'hôpital a été construit hors de la ville, loin des regards. Ordonnés autour d'une chapelle au long clocher sévère, les bâtiments du XIXe siècle sont très bien entretenus. Ils dégagent une beauté austère empreinte d'hygiénisme et de dévotion, dans cette veine militaro-religieuse qui ne donne pas cher de l'humanité ici-bas.

Ma mère n'est pas dirigée vers le service de neurologie. Elle entre en médecine aiguë, où l'on accueille toutes les pathologies de la fracture à la psychose, en passant par l'accident cérébral. Je demande à une infirmière combien de temps on va rester ici. Elle répond trois semaines, à la louche. Au début, je pense que je ne supporterai pas. Dans les chambres grandes ouvertes sur le couloir, c'est une succession de personnes âgées qui se contorsionnent sur des lits médicalisés, ne pouvant ni se lever ni rien faire d'autre par elles-mêmes que d'appeler à l'aide sous l'effet du délire. Par les hautes fenêtres, une lumière céleste se déverse sur les corps difformes, grimaçants, en tout point dignes des martyrs du *Jugement dernier* peints par Jérôme Bosch. Puis c'est comme pas mal de trucs, on s'habitue.

Le Dr Égal est une jeune femme polie et réservée. Elle teste les réflexes de la patiente, présents à gauche, inexistants à droite, la perception. Ma mère réagit aux sons, émerge de la torpeur pour répondre quand on l'interroge, même si on ne comprend rien de ce qu'elle raconte. Le Dr Égal m'entraîne vers un petit salon composé de meubles en plastique très bien désinfectés. Elle se dit certaine que le côté droit ne reviendra pas. Le réflexe de déglutition, elle n'en sait rien. En attendant, le corps doit rester au repos, avec une perfusion d'eau et de sels minéraux pour l'hydratation. Je demande pour les neurologues. Je demande pour la rééducation. Je sais qu'il faut l'entreprendre le plus tôt possible, ou les chances de récupération s'effondrent. Je dis que, jusqu'à l'accident, ma mère parlait, lisait et écrivait dans trois langues, cela augure d'une plasticité cérébrale importante. Le Dr Égal prononce le mot Ehpad. Je dis que ma mère a une petite retraite, demande combien de temps elle peut rester à l'hôpital. La médecin me donne les coordonnées d'une assistante sociale : il faut vite que je prenne rendez-vous. Je n'ai jamais eu affaire à une assistante sociale, mais je veux bien. Je veux bien tout du moment qu'on fait ce qu'il faut pour ma mère. Je crois encore que le mérite, comme il l'a fait entrer à Cleveland School en 1949, comme il m'a fait entrer au lycée Henri-IV quarante ans plus tard, reste une monnaie d'échange.

Sur mon répondeur, j'ai un message du médecin traitant, celui qui a décidé l'arrêt des anticoagulants sans procéder aux examens nécessaires. L'hôpital lui a téléphoné pour qu'il transmette le dossier. D'une petite voix mal à l'aise, il s'enquiert des nouvelles. Je devrais lui en vouloir à mort. Je devrais crier à l'erreur médicale, réclamer des dommages-intérêts. La compensation financière ne fera pas refluer le sang qui envahit le cerveau de ma mère. Et moi, ne suis-je pas coupable. Si je l'avais quittée un quart d'heure plus tard. Si j'étais revenue plus tôt. Si je n'avais pas prononcé des paroles désagréables à propos de ses lunettes. Je retire mon grain de sable, et elle est sauve jusqu'au dimanche. Le lundi, elle récupère ses résultats d'examen. Le mardi, elle les apporte à la cardiologue, qui lui ordonne de reprendre le traitement, et l'existence continue sans qu'on sache qu'elle a failli se rompre. C'est le cours de la vie, une suite d'accidents qui ne se sont pas produits.

Je rappelle le généraliste. Je ne dis pas que je suis au courant pour l'arrêt des médicaments. Je veux savoir s'il est normal de ne rien donner d'autre qu'une perfusion pour l'hydratation – nous sommes mercredi soir, ma mère n'a rien ingéré depuis samedi. Est-ce qu'elle ne va pas s'affaiblir encore. Est-ce que c'est un moyen déguisé de précipiter sa fin. Est-ce que cette fin n'est pas souhaitable au point où elle en est. Le médecin traitant n'a de réponse à aucune question. Il m'offre sa sympathie et sa désolation, ainsi que le nom d'une association d'« aidants » qui pourra m'aider à aider ma mère, et m'aider moi parce que ça ne va pas être facile. Puis il me souhaite bon courage.

Bon courage.

J'ai tué votre mère et bon courage.

Les jours suivants, la patiente a des moments de conscience un peu plus longs. La statistique continue de prédire une mort imminente. Je passe tous les après-midi avec elle. Chaque fois, j'apporte des objets familiers pour savoir si elle les reconnaît. *Yes, of course*, réplique-t-elle, agacée. Oui, bien sûr, pourquoi ne se les rappellerait-elle pas. Je mets en œuvre des petits stratagèmes, enveloppe une figurine dans du papier de soie et la glisse dans une boîte pour voir si elle arrive à l'ouvrir, déballer l'objet, l'identifier. Elle y arrive. Sa mémoire ne s'est pas effacée. Je trouverais bien qu'un professionnel vienne stimuler ces fonctions. Je redemande pour la rééducation. On me répond Bientôt. Tous les quarts d'heure, le boîtier électronique au pied du matelas antiescarres émet une sonnerie stridente. C'est un dysfonctionnement. Une aide-soignante doit intervenir pour l'arrêter. Je demande qu'on change le boîtier. Le technicien est absent ou en congé ou sur Mars. Le boîtier continue de sonner tous les quarts d'heure.

Le matin, je me plonge dans les papiers. Il y a des problèmes avec la banque. Ma mère venait d'en changer, or sa retraite provient de quatre caisses différentes, et toutes n'ont pas enregistré le nouveau compte. Il faut télécharger des documents de banque pour résoudre les problèmes avec les retraites, des papiers de sécurité sociale pour démêler les problèmes avec la mutuelle. Je fouille dans les dossiers, exhume des identifiants et des mots de passe. Aucun ne fonctionne. Je ne peux pas les modifier parce que les identifiants réclament des vérifications sur le portable de ma mère, le portable un code pin, et les textos des vérifications en ligne. Je patiente des heures sur des plateformes téléphoniques pour m'entendre dire au bout du compte qu'il faut écrire. Je deviens cinglée.

Ma mère a classé ses papiers administratifs dans des pochettes de couleur soigneusement étiquetées. Par contre, je retrouve peu de documents personnels. Elle a conservé les photos, une poignée de lettres, des dessins, ses bulletins scolaires, son journal de 1949, mais pas ceux de 1952 et 1953. Je sais pourtant qu'ils existent : elle me les a montrés quand j'étais adolescente. J'écume en vain les tiroirs, les penderies, la cave. Puis je me rappelle la broyeuse. Ayant pris sa retraite, elle avait acheté cet appareil pour détruire de vieux papiers. Elle en était ravie, passait son temps à y introduire d'anciennes quittances de loyer, des factures d'EDF. À force, elle a fini par la casser. J'aperçois maintenant qu'elle ne s'est pas contentée de faire le ménage dans la paperasse : elle a fourré son adolescence dans la mâchoire mécanique. Ma mère ne voulait pas que je la relise après sa mort. Avait-elle soudain eu honte de sa candeur, préféré tout emporter avec elle. Ou avait-elle fait disparaître les pièces que j'essayais de rassembler, supprimé tout indice par crainte de ce que je pourrais lire entre les lignes maintenant que j'étais grande, que je savais ce qu'étaient la vie, les hommes, le sexe.

Dix jours après l'accident, la patiente avale une compote, nourrie à la petite cuillère par une aide-soignante. Elle aurait aussi bien pu marcher sur la Lune : je voudrais raconter cet exploit à la terre entière. Et sous l'euphorie perce un sentiment plus sombre. Ce n'est pas le programme prévu. Ma mère doit mourir. Ça vaut mieux pour tout le monde.

En attendant, elle a faim. Comme elle manipule

difficilement la cuillère de sa main gauche, je m'en charge. C'est le contraire d'agréable. La moitié droite de la bouche est paralysée. Très vite, elle ne veut plus de cette nourriture mixée, malodorante. Il faut insister comme avec un petit enfant. Les aides-soignantes n'ont pas le temps. Je n'ai jamais imaginé faire une chose pareille. Au moins, elle reprend des forces.

Une amie lui rend visite. Ma mère désigne son vêtement et dit Pantalon rouge. C'est la première fois qu'elle formule une observation appropriée au contexte. Le reste de son discours demeure à peu près incompréhensible. Je redemande pour la rééducation. Je redemande si on peut la transférer en neurologie. Je voudrais parler à un spécialiste du cerveau. À ce stade, ça ne me paraît pas du luxe. On me répond que le service de médecine aiguë a communiqué avec les neurologues. Ils ont regardé le scanner, l'IRM, rendu leurs conclusions par e-mail, tout va très bien comme ça. Je finis par comprendre que le service de neurologie vanté par les gériatres de la Charité-Arbitraire accueille les patients atteints de maladies neurodégénératives. Les symptômes de ces pathologies s'apparentent à ceux de l'accident cérébral – perte de la mémoire, du langage. Mais, avec un trouble dégénératif, seul le pire est certain. Avec l'accident cérébral, il existe toujours une possibilité de récupération, à condition de s'y prendre tôt. Il y avait une unité de rééducation neurologique à la Charité-Arbitraire. Ici, non. Je me suis fait avoir. J'aurais dû surseoir, mieux me renseigner, refuser le transfert. Les chiffres n'étaient pas du côté de la patiente. Bien sûr, personne n'a prononcé le mot tri.

Un jour, j'entre dans la chambre et ma mère ne se trouve pas dans son lit. C'est ma hantise. J'arrive et elle n'y est plus, on n'a pas eu le temps de me prévenir. Je contourne le paravent. Elle se tient derrière, statufiée dans le fauteuil. J'éprouve un immense soulagement à la voir enfin assise. Puis j'aperçois sa bouche, son menton barbouillés de yaourt solidifié. On l'a laissée se débrouiller avec le pot. Elle doit être immobile ainsi depuis des heures. Elle a mal, elle pleure. Je lui nettoie le visage et lui présente le bon côté des choses. C'est un énorme progrès qu'elle puisse enfin s'asseoir.

Not when you're like this, Pas quand tu es dans cet état.

Je demande aux aides-soignantes de la remettre au lit (essayez de déplacer une invalide, même menue). Je vois bien que je suis exigeante. Les aides-soignantes n'arrêtent pas : elles servent le petit déjeuner, débarrassent, font la toilette, habillent, servent le déjeuner, débarrassent, changent les protections sanitaires, apportent le goûter, débarrassent, apportent le dîner, débarrassent, changent les protections sanitaires, éteignent pour la nuit. L'après-midi, elles sont seules à s'aventurer auprès des patients. Donc elles viennent recoucher ma mère et je cours vers le métro.

Une heure plus tard, je signe mon livre au salon du livre de Paris. La manifestation se tient dans les beaux quartiers. Rincé par l'averse, le feuillage goutte sur le Champ-de-Mars. Les coupoles dorées scintillent sous les rayons. La foule se presse à la terrasse des cafés, sur les spacieuses avenues d'Haussmann. Sous le chapiteau, c'est la cohue. J'invoque le Covid pour porter un masque : je n'ai pas envie qu'on voie ma tête. Mon corps est ici et mon esprit à l'hôpital. Assise derrière le stand de ma maison d'édition, je regarde les visiteurs et aperçois ma mère pétrifiée dans son fauteuil, le visage couvert de yaourt. Comment peut-on laisser les gens dans un état pareil. Comment peut-on passer d'un monde à l'autre en un coup de métro. C'est trop faire semblant, ça déborde. Je suis désagréable avec tout le monde et je m'enfuis.

Le lendemain dimanche, Emmanuel Macron est réélu.

8

Cleveland School loge dans un manoir construit à la fin du XIXe siècle par un riche minotier. À sa mort, les héritiers n'ont pas l'usage de l'imposante demeure. Elle abrite le siège social d'ICI pendant les bombardements puis se transforme en institution privée pour jeunes filles. Chaque matin, Ann prend le bus pour étudier dans les murs des patrons. L'établissement se situe à dix kilomètres et des galaxies de chez elle. À l'entrée du domaine, une allée flanquée de deux lions en pierre conduit à une opulente bâtisse de style post-victorien. La façade mêle des éléments très hétéroclites, pignon flamand, tourelle renaissante, fenêtres à croisillons, frises crénelées, balustres ventrus. L'ensemble produit un effet dramatique et chargé, très efficace dans le registre manoir anglais de l'horreur. Mais cette impression est aussitôt corrigée par le parc, un enchantement. Parmi les massifs de rhododendrons nichent une fontaine, des statues, une tour de l'horloge, un pavillon d'été, des courts de tennis, un terrain de hockey. Une immense pelouse dévale jusqu'à la rivière. Dès qu'il fait assez chaud, les leçons se déroulent à l'extérieur.

Ici, la devise est *Age quod agis*, Fais bien ce que tu fais. Les jeunes filles acquièrent une solide culture générale et se perfectionnent dans leurs matières favorites, arts, sciences ou littérature. La directrice suscite l'admiration de toutes par sa manière sûre et encourageante. Des douze élèves de la classe, Ann est la seule boursière. Elle a un an de plus que ses camarades. La directrice l'a-t-elle inscrite dans ce niveau pour ne pas la mettre en difficulté par rapport aux autres, toutes issues de familles bourgeoises ? Mais les professeures prennent soin de ne jamais faire référence aux origines, et l'uniforme égalise les conditions. Les jeunes filles portent une robe blanche à col rabattu, cintrée à la taille, plus ou moins longue sous le genou. Sur la photo de classe, toutes affichent un large sourire, comme leur enseignante au milieu.

Une assiduité relative est tolérée à l'assemblée matinale, où l'on récite la prière. Ann a du mal à se lever, elle arrive toujours en retard. Comme il ne lui en est pas tenu rigueur, bientôt elle n'y met plus les pieds. Elle se montre appliquée dans toutes les disciplines. Histoire, géographie, anglais subdivisé en trois matières – composition, langue et littérature –, éloquence, mathématiques, français, latin, dessin, chant, sport, sciences domestiques : elle excelle partout sauf en sciences domestiques, où la professeure salue néanmoins des efforts méritants. Olivia l'encourage à persévérer dans cette nullité sélective : sa fille n'est pas entrée à Cleveland School pour perdre son temps avec ces sujets de bonne femme. Il faut croire que la directrice partage cette opinion. Au bout d'un an, Ann saute une classe.

De ses bons résultats scolaires, il ne faudrait pas inférer qu'elle est un rat de bibliothèque. Elle continue d'aller au cinéma avec sa vieille copine Miranda. L'année de leurs quatorze ans, elles voient *Captain Horatio Hornblower*, de Raoul Walsh. C'est une révélation. Un dieu fait homme existe sur terre, il s'appelle Gregory Peck. Noble figure de l'histoire britannique, Horatio-Gregory est incroyablement beau, modeste, courageux – impossible de décider dans laquelle de ces qualités il se distingue le plus. Vainqueur de toutes les batailles navales, il emporte l'adhésion des hommes et les honneurs de l'Empire. Seule une femme pourrait le faire chavirer. Ann rêve d'être celle-là.

Chaque Noël, elle reçoit un volume de *Film Review*. Cette publication recense les sorties de l'année écoulée, interviewe des vedettes, propose des reportages sur les coulisses des studios. Surtout, elle fourmille de photos couleur en pleine page. Des starlettes en maillot de bain et talons aiguilles se déhanchent sur des plongeoirs de piscine, des jeunes premiers en costume trois-pièces offrent à l'objectif leur sourire le plus aveuglant. Ann et sa sœur Betty comparent leur image à celles des actrices. Elles ont le nez droit, des sourcils arqués, des iris bleu-vert au regard flou. Elles ne ressemblent pas à Olivia, femme robuste aux traits un peu lourds. Ann et Betty tiennent de leur père George, et c'est à cela que doit se résoudre cet homme éternellement relégué dans le décor, laisser sa seule empreinte visible dans le monde sur le visage de ses filles.

Mais la comparaison aux standards cinématographiques est défavorable par nature aux femmes en trois dimensions. Betty dresse avec complaisance la liste de leurs défauts. Elle se repaît de la moindre imperfection pour reprocher à la terre entière l'injustice du sort qui lui est fait, et recourt à la théâtralité la plus appuyée pour faire valoir ses arguments. À l'école d'infirmières, elle met rarement le pied. Elle continue de traîner avec des types louches. Betty a vingt ans dans le monde de l'après-guerre, un paysage grisâtre baigné de fatigue et de pénurie, où le sexe se pratique encore en cachette ou sous la couverture du mariage. Elle n'appartient pas à la nouvelle génération, celle qui aura la passion de l'avenir. Elle a peut-être trouvé la solution. Un beau jour, elle arrête de faire semblant de suivre des études pour épouser un dénommé Jack Johnson, qui n'inspire rien de bon à George et Olivia. J'ignore si le mariage est précipité parce qu'elle est enceinte. En tout cas, les apparences sont sauves lorsqu'elle donne naissance à la petite Kate au printemps 1952. Ann va sur ses quinze ans, elle est ravie d'avoir une nièce. Elle la garde quand les parents sortent, fait ses devoirs pendant le sommeil de l'enfant.

À la fin de l'année, elle doit choisir les matières qu'elle passera au bac. Elle aime beaucoup Madame, qui lui enseigne le français. Son principe est de ne jamais prononcer un mot d'anglais en classe. Ann prend vite goût à la langue, elle a un bon accent. Madame la félicite chaque trimestre pour les progrès accomplis. Au bac, Ann passera aussi le latin, origine commune de l'anglais et du français, et la littérature. Elle est acclimatée à Shakespeare. En cours, elle décrypte les passages difficiles pour accéder à la sève poétique de *Macbeth*, de *La Tempête*, et surtout d'*Antoine et Cléopâtre*, sa pièce préférée (Gregory Peck n'aurait pas déparé en Antoine). Elle dévore les romans de Dickens, *Les Grandes Espérances*, *David Copperfield*, *Le Conte de deux cités*, apprécie moins le *Pickwick Club* et *Le Magasin d'antiquités*, qu'elle juge un peu ennuyeux. Emily Brontë et Jane Austen lui parlent comme si c'étaient des amies. La littérature et la vie s'informent l'une l'autre. Ce n'est pas un choix mais une évidence.

Cleveland School incite aussi ses élèves à découvrir le monde. Des excursions sont organisées à Paris, Bruxelles, Amsterdam, au prix de trajets interminables où il faut prendre le train pour Londres, un autre pour Douvres, ensuite le bateau et encore un train à l'arrivée sur le continent. George et Olivia n'ont pas les moyens de financer ces voyages. Mais quand se profile un séjour à Capri, ils ne peuvent refuser à leur fille ce plaisir insensé. Ann va connaître la Méditerranée. De ses yeux, elle verra le berceau de la civilisation, songe Olivia, et surtout le cadre d'ineffables productions en Technicolor, exulte la jeune fille. L'été avant le voyage, elle travaille dans les bureaux d'ICI pour participer aux frais. L'entreprise accueille volontiers les enfants du personnel – peut-être de futures recrues. Ann y retournera chaque été du lycée. En attendant, c'est la suprême récompense, le départ pour Capri. Elle confie les péripéties du séjour à son journal. Tout l'émerveille, le soleil, l'azur, les vieilles bâtisses italiennes, les jeunes Italiens, qui pourchassent les petites Anglaises dans les ruelles, les assaillent d'attentions jusqu'à l'auberge où leurs professeures ont le plus grand mal à les tenir. Les filles jubilent, s'échappent, flirtent sur le sable. À la plage, Ann embrasse un certain Vincenzo Verdino. C'est l'extase. La classe revient aux anges, les professeures épuisées par le chaperonnage impossible de douze jeunes filles enivrées d'hormones et d'Italie.

À l'exception de ce voyage, Ann fréquente peu les autres élèves. En sept années à Cleveland School, elle ne se fait pas une amie. Une fois seulement, elle est invitée chez une camarade. Elle se sent affreusement gauche dans la grande demeure où l'accueille une domestique. Puis elle rencontre la maîtresse de maison, abrutie de luxe et follement déprimée. Elle comprend que sa camarade est vouée au même sort : jeune bête destinée à la reproduction, celle-ci ne poursuit des études que dans le but de faire un beau mariage. Ann est effarée par cette perspective, lorsque sa mère a pour elle les ambitions les plus hautes, des ambitions illimitées. Sans cesse renvoyée à la modestie de sa condition par les avantages matériels de ses paires, c'est peut-être cet obstacle perpétuellement renouvelé qui l'aiguillonne. À Billingham, un téléviseur s'est installé dans le sitting-room. Ann assiste, pensive, au couronnement d'Elizabeth II. Elle plaint la jeune reine contrainte de devenir, nonobstant les joyaux et l'hermine, une femme entretenue.

Mais la famille l'a pourvue d'une armée de tantes mal mariées qui entreprennent de corriger ses errements. Les teignes lui font observer sa chance de poursuivre des études quand d'autres doivent gagner leur vie. Elles s'esclaffent en apprenant que la jeune fille n'a pas encore commencé à fumer. Décidément, Ann manque de sophistication. Et elles lui expliquent la manière de se comporter en femme, c'est-à-dire de tenir sa cigarette avec élégance. Pas le sexe, bien entendu, qui n'existe pas.

Ann ignore tout de la vie des adultes. Pour elle, l'amour, c'est *Vacances romaines*. Elle vient de voir le film de William Wyler au cinéma. Audrey Hepburn y joue la princesse Ann, et Ann a effectivement un air d'Audrey, n'en déplaise aux teignes. Par un échevelé concours de circonstances, la princesse inconsciente atterrit dans les bras de Gregory Peck, qui la couche dans son lit avec un sentiment parfaitement chaste, sans même tenter un regard sur son corps dévêtu. *I was so naïve*, dirait Ann des années plus tard avec de la colère dans la voix, J'étais si naïve, et elle le répéterait en serrant les dents, jamais remise d'avoir été aussi bête.

Elle a près de dix-sept ans à la naissance d'Alice. Son journal s'arrête quelques mois avant. Autant celle de Kate, deux ans plus tôt, y est documentée, autant celle d'Alice, à qui elle porterait une affection jalouse à travers la distance et le temps, est floue. Abandonne-t-elle un loisir désormais jugé puéril. N'a-t-elle plus la possibilité de s'y consacrer avec sérieux, ou plus envie de consigner les faits d'une existence qui s'obscurcit. Sur cette période, tout juste exprimerait-elle à l'avenir que, de douteux, son beau-frère est devenu franchement exécrable. Le mari de Betty séduit les femmes pour mieux les prendre au piège. Il boit. Quand il rentre ivre du pub, on se barricade dans la maison. Il tambourine à la porte, fait scandale, terrorise tout le monde.

Deux ans après le voyage à Capri, Ann n'a plus qu'une idée en tête, quitter le pays, se construire loin de l'Angleterre. Le lieu où elle a grandi lui fait soudain horreur. La dernière année de lycée, elle s'absorbe dans l'étude. Elle lit les classiques français dans le texte, reçoit pour prix d'excellence une édition reliée de *La Fille aux yeux d'or* et de *Madame Bovary*. Maintenant elle a une correspondante bretonne, à qui elle rendra visite après ses examens. La jeune femme commence à se détacher d'un monde sans s'accrocher à un autre. Elle ne fréquente plus sa vieille copine Miranda. L'amie d'enfance s'est tournée vers l'horizon commun, un emploi sans qualification en attendant le mariage.

Ann vient en France pour la première fois le mois de ses dix-huit ans. Elle fait seule le trajet vers le Finistère, par trains et bateau. La famille de sa correspondante l'attend au port. Guénolé a le même âge qu'elle et un tempérament beaucoup moins aventureux. Mais Ann est si heureuse d'être en France. Tout lui plaît ou presque, et même ce qui lui déplaît est source d'étonnement curieux – la grande maison surchargée de boiseries sombres, les bibelots catholiques, les bonnets en dentelle, l'absence de plomberie moderne. Il n'y a pas de salle de bains, alors que cet équipement est standard dans les maisons ouvrières de Billingham depuis longtemps. On change rarement de linge de corps.

Peu après son arrivée, Ann est invitée à un banquet. Les plats se succèdent sans fin, entrecoupés de trous normands. Elle n'a jamais bu d'alcool, il lui faut plusieurs jours pour se remettre. Puis elle découvre la côte en compagnie d'André, élève instituteur rencontré à la fête. Ils nagent dans l'eau fraîche, s'embrassent sur les galets. Elle a presque oublié l'Angleterre quand elle reçoit une lettre de sa mère. C'est une longue missive accablante de fierté. La future étudiante a obtenu une bourse pour l'intégralité de ses années universitaires, couvrant les frais d'inscription et toutes les dépenses de la vie quotidienne. Dès qu'elle a su la nouvelle, Olivia a couru l'annoncer à tout le quartier, aux voisins, aux commerçants, à la famille. Un article vient de paraître dans le journal local. Elle était si agitée, ses mains tremblent encore lorsqu'elle écrit à sa fille, finalement la dernière au courant de son beau succès.

Parmi les photos, je retrouve un cliché d'Ann et Guénolé. Ronde et timide, la Française arbore un pauvre sourire, comme si elle espérait s'inoculer quelques gouttes de la joie qui anime la filiforme Anglaise à son côté. Par contraste, Ann irradie d'impitoyable bonheur. Les boucles de sa mise en plis sont parfaites, ses vêtements coupés à la dernière mode – veste triangulaire, jupe évasée, sans doute confectionnées par Olivia d'après des patrons de magazine. Elle triomphe : elle en a fini avec Billingham.

9

Puisque la patiente, depuis deux semaines, s'obstine à ne pas mourir, on l'estime sortie de la zone de danger imminente. Sur le scanner de contrôle, le saignement paraît arrêté, mais l'hématome reste énorme. On distingue mal l'étendue des lésions. Je sais que ma mère ne remarchera pas. Après un tel accident, elle n'aura pas la force de se remettre debout. Il risque de lui arriver le pire cauchemar de l'imagination populaire, devenir un végétal, et un végétal conscient de son état, un végétal pensant. Je continue d'espérer qu'elle va mourir tout en me félicitant qu'elle vive, heureuse qu'elle me reconnaisse, d'avoir encore une mère, qu'à travers l'épuisement et la parole entravée, elle me témoigne une sollicitude, l'éternelle appréhension que j'épuise ma machine. Malgré tout ce qui a disparu avec l'accident, quelque chose de notre relation demeure intact. C'est une situation très particulière d'espérer les progrès d'une personne dont on espère aussi la mort. C'est une situation intenable, à laquelle il vaut mieux ne pas penser.

Depuis des mois, je transporte partout les nouvelles de Ruth Rendell. Je les lis dans les trains, les hôtels. C'est mon chez-moi portatif. Ruth Rendell comprend nos vies. Elle connaît les passions dissimulées derrière les façades bien tenues, sous les glorieuses floraisons des jardins, les tragédies nouées à la cuisine, débrouillées dans le sitting-room, résolues sur la dernière marche de l'escalier. Elle saisit la matière essentiellement domestique de nos vies et la transmue en contes horrifiques. À l'âge de quatre-vingt-quatre ans – celui de ma mère aujourd'hui –, Ruth Rendell était sur le point de publier un nouveau livre quand elle a subi un accident cérébral. Elle est morte à l'hôpital quelques mois plus tard. J'ignore combien elle était diminuée, si elle a réclamé d'en finir, consciente qu'elle ne pourrait plus écrire, à quoi elle avait dédié sa vie. J'ignore si une personne à son chevet l'a exaucée. Jamais ma mère ne se serait contentée d'une vie moindre. J'aimerais qu'elle finisse comme Ruth. Mais je la connais comme elle m'a faite, c'est-à-dire de l'intérieur et avec cette part d'obscurité qui nous rend parfois impénétrables à nous-mêmes. Je sais que sa force tient à son optimisme forcené, ce versant positif du déni.

Je réitère ma demande de parler à un neurologue. Pour éviter un autre accident cérébral, on administre à nouveau des médicaments. Or je ne conçois pas l'intérêt de protéger un corps incapable de communiquer, de se mouvoir, un corps seulement capable de souffrir. Si la médecine veut sauver ce corps, elle doit aussi l'aider à vivre. Quand j'insiste, le Dr Égal déverse sur ma tête une logorrhée de termes incompréhensibles. Si je parle de récupération, elle m'adresse des hochements peinés. Je sens que je deviens une personne pénible, un insecte vrombissant dans le champ d'action des médecins, soit le bureau où les internes sont vissés devant des ordinateurs. Je m'arme de patience pour répéter que, jusqu'à l'accident, le cerveau de ma mère fonctionnait mieux que celui du quinquagénaire moyen. Il y a trois mille ans, j'ai fait des études de psychologie. Je peux invoquer la plasticité cérébrale, la rééducation cognitive. Je sais que les fonctions du corps sont gouvernées par des aires cérébrales interconnectées. Quand certaines sont atteintes, d'autres peuvent prendre le relais. L'état antérieur du patient représente un facteur décisif pour la récupération. Avec des limites. Plus les atteintes sont importantes, plus le patient est âgé, moins le potentiel est élevé. Tout cela constitue un ensemble de facteurs prédictifs qui doit être pondéré par l'anamnèse, c'est-à-dire l'histoire du patient. Les médecins ne connaissent pas ma mère, ils se fondent sur la statistique. Je connais ma mère, je sais que ça vaut la peine d'essayer. Ça vaut la peine ne serait-ce que par calcul. Un patient qui ne peut pas se nourrir est hyperdépendant. Il coûte cher. La dénutrition le rend vulnérable à toutes sortes d'infections. Il coûte encore plus cher.

Jusqu'à l'accident, ma mère était parfaitement autonome. À en croire l'interne, c'était un prodige. Quoi, pas d'aide ménagère, pas d'aide à la toilette, pas de « protections » ? Non, jusqu'à ce jour, ma mère se rendait aux commodités par ses propres moyens, si miraculeux que ce fût. Désormais, il est attendu qu'elle fasse sous elle. Elle ne fait pas. Elle ne peut ou ne veut pas. Je penche pour la seconde hypothèse. Les médecins feignent de trouver normal de faire soudain sous soi et en public quand on a passé sa vie à exercer un contrôle sévère sur ses fonctions digestives. Je comprends que ce combat est perdu d'avance. Personne n'a le temps d'aider une invalide à se rendre aux toilettes. Je baisse les bras d'entrée de jeu et attends qu'elle fasse de même. Je n'ose pas imaginer ce qu'elle en pense. Il est évident qu'à travers le brouillard, elle pense plus qu'elle n'est capable de dire. Heureusement, son état la rend plus prompte à céder. Bientôt elle correspond en tout point à la catégorie du grand âge définie pour elle par des personnes qui n'étaient pas nées quand elle a atteint la ménopause.

L'interne me prévient que des troubles de l'humeur risquent de survenir parce que la partie du cerveau qui gouverne les émotions est atteinte. « Trouble de l'humeur », dans son acception courante, est une expression enrobée pour dépression sévère. Je propose d'appeler un chat un chat. Je suggère que la dépression, si elle advient, sera largement causée par la réalité objective, quand la patiente comprendra que son état est irréversible. L'interne en convient mollement. Mais à tout problème sa solution, il se tient prêt à dégainer les antidépresseurs. Bien sûr, on ne fera rien sans mon consentement. À moi de voir si je veux la regarder souffrir. J'ai l'impression de jouer une partie où tous mes mouvements sont prédits d'avance. Je redemande pour la rééducation. Il répond Bientôt.

Ma mère a perdu le schéma corporel, soit la représentation de son corps. Elle ne sait plus où se trouvent son nez, sa bouche, son menton. Si on lui demande de toucher son bras, elle peut aussi bien indiquer l'épaule ou le ventre. Les fonctions exécutives sont également affectées. Un jour, elle tente de ranger sa main valide dans son étui à lunettes. Un autre, j'asperge son poignet d'eau de toilette, et elle le porte à sa bouche. Les circuits se sont rebranchés sur les mauvaises prises. Elle doit tout réapprendre, à commencer par le langage.

Le premier cas d'aphasie répertorié dans l'histoire de la médecine concerne un patient rebaptisé Tan-Tan parce que, suite à une lésion cérébrale, il ne pouvait plus prononcer que cette syllabe. Ma grand-mère paternelle m'avait rapporté un cas similaire. Après une attaque, une femme de sa connaissance ne pouvait plus dire que ba-ba. Son mari devenait fou. J'ignore s'il a fini par l'abattre, comme dans *La Plâtrière*, de Thomas Bernhard. Il aurait pu. De tan-tan ou ba-ba, on pourrait inférer que le patient est gaga. Pas du tout. Il comprend ce qu'on lui dit, se représente clairement la réponse qu'il veut faire. Mais les mots ne sortent pas, remplacés par des syllabes automatiques qu'il répète en boucle dans un effort désespéré pour se faire entendre. Il n'a pas conscience qu'il les prononce. C'est un esprit adulte emmuré dans la parole d'un nourrisson.

L'aphasie de ma mère n'apparaît pas tout de suite aux soignants qui entrent et sortent avec la litanie de questions usuelles – Comment ça va, madame Deck ? Vous avez mal ? Vous avez froid ? Vous avez faim ? Elle répond correctement à toutes ces questions – Bien, non, non, non. Ce sont des réponses sociales. Comment ça va ? déclenche le réflexe Bien. Mais, si on s'attarde à son chevet, les mots sortent vite du cadre logique. Elle dit beaucoup *message* et *mistake*, erreur. De fait, il y a beaucoup de messages à faire passer dans la nouvelle situation qui s'impose à nous. Cette situation, d'autre part, ne relève-t-elle pas d'une gigantesque erreur ? Au début, je pense que c'est ce qu'elle veut signifier. Mais elle parle aussi beaucoup de nourriture, même quand elle n'a pas faim. Je finis par comprendre que, selon le contexte, le mot désigne aussi bien la table que le drap ou le paravent. Les mots ne sont pas hébergés dans la même zone cérébrale que leurs définitions. La connexion s'est rompue.

Puis elle dit Molécule. Soudain molécule occupe toute la place. Comme elle a récupéré l'anglais et le français à un niveau égal, à moi elle dit *Molecule*, aux soignants *Molécule*. Tout le monde est perplexe. À force d'incompréhensions, elle réalise que quelque chose dans son langage ne fonctionne pas. Elle fournit des efforts insensés pour trouver le mot adéquat, et l'effort empêche le mot d'advenir. Bientôt il y a des molécules partout. Il faut absolument moléculer la molécule à cause de la molécule, s'ils voient ce qu'elle veut dire. Non, je ne vois pas. Je le vois d'autant moins que la grammaire est préservée. Elle produit des phrases correctes avec sujet, verbe, complément, mais il y a plein de chausse-trappes. Le sujet n'est pas clair. Elle n'utilise plus que les pronoms elle et elles. Elle est fatiguée. Il faut qu'elles apportent la molécule. Ces pronoms ne désignent pas les personnes usitées. La patiente est devenue elle, délogée de son esprit, et moi les autres, celle à qui elle s'adresse. Je, tu, nous, vous, les personnes franches et décisives, ont disparu dans la nébuleuse des indistinctes. Les adjectifs aussi sont piégeux. Agréable signifie aussi bien agréable que désagréable, facile veut dire facile ou difficile, comme si les mots ne retenaient que leur essence minimale. Il faut sans cesse interpréter, poser des questions pour réduire le champ des possibles. C'est pénible et frustrant. Parfois elle acquiesce avec un air d'évidence, comme si j'étais devenue bête à manger du foin. La plupart du temps, je ne comprends pas, elle s'acharne et c'est pire. Mais les mots lourds conservent tout leur sens. *How are you feeling today ? – Terrible.* Comment tu te sens aujourd'hui ? – Épouvantable.

Si l'aphasie n'est pas prise en charge rapidement, elle s'installe de façon définitive. La patiente est hospitalisée depuis trois semaines, et les quelques séances d'orthophonie se sont concentrées sur la déglutition.

Le Dr Égal convient, embarrassée, du problème. Elle finit par m'avouer que, pour tout l'hôpital, il n'y a que deux orthophonistes à temps partiel. Elles voient les patients une ou deux fois par semaine, quand elles ne sont pas en vacances ni en arrêt maladie, où elles ne sont pas remplacées. Pour que le travail soit efficace, il faudrait une séance quotidienne, même très brève. Mais ça pourrait être pire, fait valoir le Dr Égal : dans certains services de médecine aiguë, il n'y a aucun rééducateur. Certes, mais ma mère ne devrait pas se trouver ici, elle devrait être en neurologie. Puis le Dr Égal me rappelle que ma priorité, c'est chercher un Ehpad. Elle voudrait déjà programmer la sortie d'hôpital. Après la médecine aiguë, ma mère ira en soins de suite, trois semaines reconductibles une fois, éventuellement deux.

L'assistante sociale est une jolie femme rousse au regard atlantique. Son bureau donne sur de grands feuillus. Elle inspire confiance et autorité. Tout de suite, elle me dicte une liste de choses à faire. Je dois prendre la main sur le compte en banque de ma mère, remplir un dossier de demande d'aide financière pour la perte d'autonomie et visiter des maisons de retraite. Elle me prévient : à Paris, un établissement coûte trois mille huit cents euros en moyenne. Pour un bon, compter quatre mille cinq. La retraite de ma mère s'élève à mille sept cents. Je dois trouver trois mille euros. PAR MOIS. Ou je peux emmener ma mère en province, c'est moins cher. Pour m'assister dans mes recherches, elle me tend la carte d'une professionnelle. Puis elle change son fusil d'épaule. Au cas où ma mère rentrerait chez elle, je dois aussi demander des devis pour adapter l'appartement aux besoins d'une personne à mobilité réduite. Je dis que le Dr Égal juge cette éventualité peu probable. Quand même, on ne sait jamais. Et elle me tend une liasse de documents pour obtenir des aides.

Après ce rendez-vous, je ne pense plus qu'à l'argent. Je fais des calculs. J'imagine ce que seront nos vies en fonction. Il suffit de vendre l'appartement, balaie le Dr Égal dans un haussement d'épaules. Bien sûr, bazarder en cinq minutes le lieu qui matérialise l'accomplissement d'une vie pour enrichir des escrocs. Je connais la réputation des Ehpad. Quelques mois plus tôt, une enquête a mis au jour les malversations qui s'y déroulent en coulisse. D'autre part, je ne me vois pas extorquer le consentement de ma mère sur un lit d'hôpital où elle a la ferme impression qu'elle va rentrer chez elle. L'appartement, je peux le louer. Sans cette ressource, l'État se substituerait, mais il faudrait trouver un établissement qui accepte, au titre de l'aide sociale, une personne très dépendante. Ce serait un lieu pressé d'accueillir les clients. Un établissement désireux de recevoir ma mère est un établissement indésirable. Mais un établissement plus cher offre-t-il la garantie d'un meilleur traitement, ou au contraire l'assurance d'une plus grande escroquerie. Dois-je emmener ma mère près de chez moi, à Tours, où aucun de ses amis n'ira la voir. Dois-je la laisser à Paris. Dois-je emménager avec Michaël. Faut-il embrasser la vie conjugale pour permettre à ma mère de finir dignement ses jours. J'y pense au réveil, en marchant vers l'hôpital, en rentrant le soir.

Pour dépenser l'argent de quelqu'un d'autre, il faut une procuration. En théorie, je devrais soumettre un dossier à je ne sais quelle juridiction pour obtenir une habilitation ou une tutelle ou une curatelle. La réponse prend des mois. L'assistante sociale m'a engagée à faire autrement. Ma mère n'a-t-elle pas laissé traîner des codes de connexion quelque part. Un petit virement par-ci, un petit virement par-là – qui viendra me chercher des noises puisque je suis la seule héritière. Je suis un peu plus légaliste que l'assistante sociale : j'obtiens la procuration. Je remplis le dossier de demande d'aide financière. Je récupère des avis d'imposition, des attestations de sécurité sociale, des appels de charges. Je replonge dans l'enfer des mots de passe. Je contacte un organisme de retraite complémentaire qui se dit prêt à financer le premier mois d'Ehpad moyennant toutes sortes de papiers que je ne suis pas près de réunir. J'appelle la professionnelle dont l'assistante sociale m'a donné la carte. Une dame très aimable écoute mes problèmes, tapote sur son ordinateur et me fournit aussitôt une liste d'Ehpad avec des chambres disponibles, sélectionnés « en fonction de mes critères géographiques et de mon budget ». Je suis tellement surprise que j'en oublie de trouver ça louche.

Quatre jours après notre premier rendez-vous, j'apporte le dossier à l'assistante sociale. Elle se montre un peu plus sèche que la première fois. J'aurais déjà dû visiter des maisons de retraite. Et les devis, ai-je obtenu des devis pour la rénovation de l'appartement. À vrai dire, je n'ai pas pris cette suggestion au sérieux. Ma mère est allongée la plupart de temps. Elle bouge la main gauche si on le lui demande et c'est tout. Mais au cas où, sermonne l'assistante sociale. Je suggère poliment que j'ai assez de pain sur la planche pour m'éviter des tâches inutiles. Elle hausse le sourcil. N'ai-je pas envie de voir ma mère rentrer chez elle. N'aimerais-je pas qu'elle puisse prendre une bonne douche. Je suis obligée de convenir que ces hypothèses sont souhaitables. Et puis ça vous occupera, conclut-elle en remisant mon dossier dans un coin. Je comprends que ces deux rendez-vous avec une assistante sociale ont fait de moi une assistée, une fainéante qu'il convient d'engloutir sous les démarches oiseuses pour lui rendre le sens des responsabilités.

Dans l'appartement, j'ai rangé les objets les plus chargés de souvenirs. Le soleil se déverse sur les plantes, les tableaux, la Seine en contrebas. Au pied des immeubles neufs, il n'y a que des jeunes. Je me demande quel effet ça faisait à ma mère de vivre dans une ville qui la reléguait tous les jours un peu plus loin en arrière. De n'avoir aucun semblable dans ce quartier qu'elle avait été l'une des premières à habiter, quand il n'y avait pas encore de magasins, de station de métro, seulement des bâtiments en construction et des engins de chantier. D'avoir accompagné son essor, de s'être investie dans des associations, d'avoir fréquenté les premières enseignes, accueilli les suivantes avec enthousiasme ou circonspection, et de n'être plus chez elle nulle part. Sur le quai, de jeunes actifs parlent dans des téléphones à cinq cents euros en buvant des boissons dans des gobelets jetables. Ils flottent sur le toit du monde dans des baskets à deux cents euros livrées à leur porte en vingt-quatre heures, dépensent quinze euros pour un déjeuner à emporter dont la moitié atterrit à la poubelle. Ici, tout le monde a un travail, de beaux vêtements, des cappuccinos à volonté et des vieux dans des hôpitaux qui s'effondrent.

10

Ann entre à l'université de Manchester pour étudier les langue, littérature et civilisation françaises. En 1955, Manchester est une cité noire, marquée par l'industrie lourde et les destructions. Le vieux centre a été très endommagé par les raids allemands. On n'a pas fini de reconstruire la cathédrale. Les bâtiments de l'université sont en brique rouge, emblème des établissements du supérieur fondés pendant la révolution industrielle. Postulant que des individus instruits se révéleraient plus utiles à la société qu'une masse d'illettrés, la bourgeoisie éclairée parie sur l'éducation comme source de prospérité pour tout le monde. Les universités en brique rouge n'ont pas le prestige d'Oxford ou Cambridge, institutions médiévales où la haute société se réplique de génération en génération dans l'intimité des vieilles pierres. La brique constitue un matériau moins noble mais bon marché, facile à assembler, garant d'élévation rapide. À Manchester, la devise est *Arduus ad solem*, S'efforcer d'atteindre le soleil.

Au dernier étage d'une maison victorienne, Ann partage une grande chambre mansardée avec Katherine, étudiante en architecture. Sa colocataire aménage l'espace de telle sorte que chacune bénéficie d'un périmètre agréable, relativement privatif. Deux autres étudiantes logent à l'étage inférieur, la propriétaire se conserve l'usage du rez-de-chaussée. Ann reçoit vite une première leçon de savoir-vivre. Les filles ont parlé dans son dos : après sa toilette, elle laisse toujours la baignoire pleine de savon. Sa mère ne lui a donc pas appris à nettoyer derrière elle ? Ann est horrifiée. En maîtresse de maison de la classe ouvrière, Olivia a naturellement endossé le rôle de servante. Les autres filles viennent de familles bourgeoises, où les épouses n'avaient pas l'intention de jouer les domestiques. Ann découvre qu'elle est marquée par l'empreinte du prolétariat, une foule de petits signes qui la trahissent sans cesse dans le milieu où elle évolue maintenant.

Les professeurs se mêlent volontiers aux étudiants. Après les cours, ils les invitent chez eux pour prolonger la discussion de manière informelle. Chacun donne son opinion. Dix ans après la guerre, la politique occupe énormément les esprits. Churchill vient de se retirer au profit d'Anthony Eden. En face, les travaillistes peinent à donner une orientation au socialisme : les marxistes s'opposent aux modérés, partisans de la social-démocratie. Ann a des opinions tranchées comme une hache. Elle les assène sans ménagement. Bientôt on la surnomme The Red, La Rouge. Elle ignore cet habile stratagème du plus grand nombre qui consiste à se taire plutôt que de livrer avec candeur des opinions mal formées. Ses impressions sont floues comme son regard. Très astigmate, elle juge mal les distances. Ses mouvements sont mal coordonnés, elle s'empêtre dans les gestes simples. Et c'est comme si sa mauvaise vue se transformait en défaut de perception. Lui échappent les détails du monde physique et les finesses de la vie sociale. Elle manque de tact, de répartie. Ces failles s'augmentent l'une l'autre à vitesse exponentielle. Ann a si peur de faire des bourdes, elle en commet effectivement pas mal. Elle essaie de se rattraper, accumule les faux pas.

Pour autant, elle n'a pas renoncé à l'ambition légitime de toute jeune femme moderne, ressembler à une couverture de magazine. Ses tenues bénéficient d'une attention scrupuleuse. Elle déploie des efforts inouïs pour remédier aux errances de la nature. Un sourcil plus haut que l'autre, un nez qui dévie légèrement vers la gauche doivent être compensés par des astuces ingénieuses – un trait de crayon, un accessoire pour détourner le regard. Elle préférerait se pendre plutôt que de porter ses lunettes en public. Dans *Comment épouser un millionnaire*, Marilyn Monroe vient de confirmer aux femmes du monde entier ce qu'il faut penser de cet article – car quel homme riche épouserait une femme à lunettes ? Ann récuse les stéréotypes médiocres des Américaines. Elle ne fait pas partie de ces jeunes femmes qui se sont inscrites à l'université pour ne pas avoir l'air de chercher trop désespérément un mari. Mais elle reste immensément sensible à la question de l'apparence.

Des étudiants l'invitent à danser, au cinéma. Aucun ne lui plaît vraiment. Surtout pas celui-ci, venu la chercher à sa porte pour l'emmener au bal. Or il a perdu un bouton – enfin non, le voici : si elle veut bien le lui recoudre avant de sortir ? Elle n'en revient pas. Les mots lui manquent pour répondre à ce jeune homme qui, pour la séduire, prétend qu'elle raccommode son bouton. Il avait pourtant le mérite de la franchise. S'engager avec lui, c'était s'acquitter des tâches ménagères et tripoter son bouton. Tant d'intellectuels chevelus s'avanceraient masqués dans les décennies ultérieures, professant l'égalité des sexes pendant que leurs compagnes touilleraient la marmite en cuisine.

L'été venu, Ann et Katherine font du stop à travers la France. Elles ont une règle : monter dans le véhicule d'un homme seul ou accompagné d'au moins une femme. Un jour, elles grimpent à bord d'une belle automobile conduite par un monsieur distingué. Seul et mélancolique, il leur offre de passer la nuit dans son manoir, tenu par une gouvernante. La soirée s'avère aussi bizarre que le propriétaire du domaine. Elles ne sont pas fâchées de déguerpir le lendemain. Un autre jour, elles montent dans une camionnette, à côté du chauffeur, avant de se rendre compte que deux hommes se dissimulent à l'arrière. Ils se montrent vite entreprenants. Elles échangent un signe discret. Au premier ralentissement, elles descendent en trombe. Leur voyage n'a rien de spécialement aventureux. Elles font comme toutes les jeunes femmes dégourdies de leur âge.

Les vingt ans d'Ann n'ont rien à voir avec ceux de sa sœur Betty, cinq ans plus tôt. Elle appartient à une tout autre génération, affranchie des pesanteurs de la guerre, plus éduquée, plus ambitieuse pour elle-même et pour le monde. À l'hiver 1957, une épidémie de grippe fait trente mille morts en Grande-Bretagne. Dans la maison de Manchester, une femme tousse à s'en arracher les poumons. Ann l'entend derrière la porte quand elle monte et descend l'escalier, puis ne l'entend plus. Elle ignore ce qu'est devenue la malade. Il n'y a, dans sa vie, aucune place pour la mort.

Débarquée à la gare de Montpellier avec un groupe d'étudiants anglais, elle se renseigne auprès d'un passant. *She speaks it !* Elle le parle ! s'effare un camarade, stupéfié qu'elle s'exprime couramment dans la langue qu'ils étudient tous. Depuis toujours, elle prend plaisir à se couler dans le français, à se réinventer dans ses sonorités larges et affirmatives. On ne sait pas très bien, en revanche, ce qu'elle apprend à la fac de Montpellier, où elle passe un semestre, une espèce d'échange Erasmus avant l'heure. À vrai dire, elle a peu le temps de fréquenter l'université. Tout près, il y a la plage, et rien n'égale la félicité du soleil et du sable.

Au retour, Ann devient *bachelor of arts*, licenciée en arts. Elle pose chez le photographe en habits de diplôme. La toge bordée de fourrure lui fait un fastueux manteau, la toque un petit chapeau très seyant, agrémenté d'un cordon duveteux sur le côté. Le coiffeur a soigneusement ondulé sa chevelure. Sourcil altier, elle affiche l'expression sereine d'une vedette habituée aux flashes. Elle a parfaitement incorporé le métier de paraître. Immobile, silencieuse, elle camoufle si bien ses doutes qu'on les croirait absents.

Les années à Manchester ont été un mélange d'intense activité et de solitude intérieure. Elle ne s'est pas fait de véritable amie, aucune alliée ou modèle dont le soutien allégerait la sensation de flotter entre les groupes. Ses professeurs l'encouragent à s'inscrire en doctorat. Par attrait conjugué pour la langue et la politique, elle arrête avec son directeur de recherche un sujet sur les représentations de la Révolution française dans la littérature de l'époque. Quand elle rentre à Billingham, sa mère ne contient pas sa joie. Dans les brocantes où elle se procure tout le bric-à-brac qui orne la maison – porcelaines fleuries, chandeliers en cristal, verroterie rose des années 1930 –, Olivia a déniché une collection d'épais volumes consacrés à la Révolution. Elle les offre à sa fille et signe ainsi son propre engagement dans la thèse, LA thèse, premier doctorat à venir de la famille, voire des environs. Flattée, mal à l'aise, la jeune femme n'a qu'une hâte, repartir. Les choses ne s'améliorent pas du côté de Betty : son mari sème toujours la terreur. Kate et Alice ont six et quatre ans. Ann les observe grandir avec une fascination inquiète. C'est à elle de tracer la voie, quoi qu'elle abandonne derrière elle.

11

Un matin, mon éditeur me téléphone pour m'annoncer que, pour mon dernier livre, on me décerne le prix Jean-Freustié. La réception se déroule dans un palace du VIIe arrondissement. Ce jour-là, je ne vais pas à l'hôpital. Je passe beaucoup de temps à préparer un discours, chercher des vêtements acceptables. Le moment venu, nous buvons du très bon champagne accompagné de gourmandises. Je vis une soirée étonnante sur une planète sans masque, sans désinfectant, où d'appétissantes victuailles surgissent avant même qu'on ait eu le loisir de formuler un petit creux.

Le lendemain, je m'offre un vélo. Pour avoir gravi l'échelle sociale, ma mère et moi conservons certaines habitudes de frugalité. Solide et vert, mon vélo se révèle peu adapté aux trajets quotidiens sur un terrain accidenté. La chaussée jusqu'à l'hôpital s'avère pleine de trous et de bosses. Pour les éviter, ainsi que les portières des voitures garées sur le bas-côté, il faut circuler au milieu de la voie. Cela entraîne des coups de klaxon, des invectives, des dépassements furieux. Je m'emploie à rester dans mon droit sans risquer ma vie. Je pensais peu à la mort quand j'avais une mère qui s'inquiétait à mon sujet. J'étais protégée par l'assurance que les enfants survivent à leurs parents.

Il y avait une personne dont le destin était de disparaître avant moi, sa présence intermédiaire suffisait à me préserver du danger. Aujourd'hui, il est possible que je meure, que j'aie un accident, que mon cerveau soit atteint, que je devienne impotente. Personne ne s'occuperait de ma mère. On l'enverrait dans le premier hospice venu, où elle comprendrait vite que son plus grand intérêt, c'est mourir. Et pourquoi pas, puisqu'il faut en finir un jour, et que ce jour s'est brutalement rapproché depuis l'accident. C'est une construction morale de se figurer qu'après tout ce qu'une personne a traversé, il faut lui offrir une fin à sa hauteur. Ce que je fais n'a pas de sens. Ça en a encore moins quand je vois ma mère à l'hôpital.

La patiente n'a toujours pas le droit de boire par crainte des fausses routes. Pour hydrater les personnes dans sa situation, on a inventé l'eau gélifiée. Cette pâte visqueuse se mange à la petite cuillère. Elle colle. Il faudrait mastiquer vigoureusement pour l'ingérer de façon convenable. La moitié de la bouche est paralysée, elle ne transmet pas au cerveau le signal pour indiquer qu'il faut continuer de mâcher. L'eau gélifiée transforme rapidement un visage en musée de l'horreur. J'apporte du coton, des lingettes, des mouchoirs en papier. Je les laisse traîner près du lit dans l'espoir que quelqu'un en fera usage en venant lui donner des soins. Pour moi, c'est le pire, ce à quoi je ne m'habitue pas, retrouver ma mère si soigneuse dans un état lamentable. Elle n'a pas pris une douche depuis des semaines. Ses cheveux sont sales. Je demande pour un shampoing. On me répond vaguement qu'on s'en occupera demain. Je me débrouille avec du shampoing sec. Je coupe les ongles. En l'absence de kiné, je masse le bras et la jambe paralysés. En l'absence d'orthophoniste, je la fais compter, réciter l'alphabet, les jours de la semaine, les mois de l'année. J'ai lu sur Internet que c'est ce qu'il fallait faire. Je la regarde dormir.

Le visage nu de ma mère est très beau. C'est la première fois que je le vois sans apprêt ni complication de brushing, les cheveux lâchés, la peau nette, reposée. La vieillesse n'a pas dilué ses traits. Elle garde son regard bleu-vert pensif, l'élégance de la structure osseuse. On dirait une jeune femme captive d'un mauvais sort. Il suffirait d'un souffle pour chasser les toiles d'araignée, que s'extirpe de ce corps sa forme ancienne, gracile et fluide, vêtue à la dernière mode de 1958. Dans ce corps sont prisonnières quatre-vingt-quatre années d'une trajectoire obscure et vaillante. C'est une construction inutilement mélancolique de voir dans la personne présente celle qu'elle a été. Je pourrais renoncer, dire oui à tout, me contenter de rapporter les papiers comme un bon chien. C'est cette construction qui me fait agir au lieu de baisser les bras.

Au bout d'un mois, la patiente n'est toujours pas morte, et le Dr Égal me convoque pour un nouvel entretien. Ma mère a récupéré au-delà des espérances. Elle est consciente de la situation, réagit aux stimulations de manière appropriée, essaie d'utiliser sa main gauche pour se nourrir. Elle ne se relèvera pas, mais elle pourrait apprendre à manier un fauteuil roulant, développer des habilités du côté valide. Le Dr Égal propose un transfert vers une unité de rééducation neurologique dans un autre hôpital, à la Charité-Arbitraire, par exemple. C'est de nouveau l'euphorie. Nous avons perdu trente précieux jours de rééducation, mais ma mère va enfin voir un neurologue, bénéficier d'une rééducation orthophonique et motrice. Une fois de plus, elle s'est élevée au-dessus du destin statistique. Je suis heureuse et je suis fière.

Quand je lui explique le programme, elle écoute avec attention. Puis elle m'assaille de molécules. Il faut absolument moléculer la molécule sinon c'est molécule, si tu vois ce que je veux dire. Non, je ne vois pas. Je crois qu'elle panique parce que je vais bientôt partir. J'essaie de la rassurer, mais elle répète cette phrase en boucle, de plus en plus agitée, tout en désignant la fenêtre de sa main gauche. Je finis par comprendre qu'elle parle du store. Il fait encore jour. Je lui dis que l'aide-soignante le baissera le soir venu. De l'autre côté du paravent, la voisine s'insurge : le store n'est jamais baissé. Tous les matins, elles sont réveillées vers cinq heures par la lumière, c'est très inconfortable. Je ne vois pas ce que je peux faire. J'ai déjà demandé de changer la chemise de nuit, les draps, le boîtier du matelas antiescarres, dont le mécanisme s'enraye tous les quarts d'heure. Ces demandes doivent être réitérées à de nombreuses reprises pour être suivies d'effet. Je n'ose plus rien réclamer. De toute façon, nous serons vite sorties d'ici.

Quelques jours plus tard, une aide-soignante que je commence à bien connaître m'accueille avec un sourire hilare. Ma mère vient de lui affirmer qu'elle avait deux filles. L'aide-soignante veut savoir ce que j'en pense. Je me pétrifie dans le couloir. Elle m'observe d'un œil narquois, l'air de dire qu'elle voit enfin clair dans mon jeu, comme si depuis le début je me faisais passer pour fille unique, fille très spéciale, alors que de tout temps j'avais une sœur. Ou peut-être qu'elle se moque parce que la patiente a perdu la boule, s'attribuant de nouvelles filles parmi les amies qui viennent la voir, les infirmières. Mais ma mère n'a certainement pas perdu la boule. Je me dirige vers sa chambre, très mécontente. Je veux savoir qui est cette autre fille. Elle me regarde avec un petit air coupable, un sourire par en dessous, comme si elle m'avait fait une farce depuis son lit. Ça ne me fait pas rire. Tous les matins, je fouille l'appartement à la recherche de preuves, et voici qu'elle avouerait benoîtement LA VÉRITÉ à la première aide-soignante venue. J'exige une explication. Elle ne sait pas qui est son autre fille. Je demande si elle est en France ou en Angleterre. En Angleterre, elle répond.

Le Dr Égal me convoque une dernière fois. Elle a sollicité les trois services de rééducation neurologique parisiens. Aucun n'a de place pour ma mère. Par contre, un lit vient de se libérer en soins de suite, de l'autre côté de la rue. Ce service accueille toutes les pathologies de la fracture au délire, mais il compte une psychomotricienne, une ergothérapeute, une psychologue. C'est mieux que rien, assure le Dr Égal. Je suis partagée. Son regard fuit, je devine que ce n'est pas la meilleure option. Elle m'engage à accepter. Je veux savoir si on peut maintenir la demande en rééducation neurologique et transférer de nouveau ma mère quand une place se libérera. On peut. J'y crois à moitié. Une fois la patiente prise en charge, il est difficile de revenir en arrière parce qu'on donne la priorité à ceux qui attendent. Je me dis qu'il faut avancer. J'accepte de traverser la rue.

12

Pour ses recherches, Ann doit consulter les archives de la Révolution française. Elle décroche un poste d'assistante d'anglais dans un lycée à Beauvais. La préfecture de l'Oise n'est pas encore célèbre pour son terminal Ryanair. Représentons-nous un décor peuplé de notables libidineux, où il pleut tout le temps. Les ménages désassortis guettent les moindres faits et gestes de la jeune Anglaise qui suscite la convoitise des maris, la méfiance des épouses. Dans l'adversité, Ann se raccroche au versant positif de la vie. Une prof l'invite à dîner : elle s'émerveille des endives au jambon, des coquillettes au beurre. Quand le mari la raccompagne après le repas, il tente de l'embrasser. Elle se dégage sans peine, éberluée par l'audace des Français. Puis elle se lie d'amitié avec une jeune collègue qui a un petit ami à Paris. Il leur fait découvrir la capitale, leur présente un copain, et l'amour entre dans la vie d'Ann.

Isaac est canadien, apprenti photographe. Il la fait poser à la terrasse des cafés, dans sa chambre de bonne, sur le pavé des villages, où il l'emmène en deux-chevaux. Ann reproduit docilement les attitudes qu'elle a si bien étudiées dans les *Film Review*. De trois quarts, menton boudeur, elle est toujours vêtue à la dernière mode. On a passé 1960. Les cheveux sont plus courts, plus bouffants, les vestes amples, les corsages ajustés sur des pantalons corsaires. Aux vacances, Ann et Isaac font du camping. Même devant la tente, concentrée sur des préparatifs ou la plantation des sardines, elle est bien mise. À la mer, elle porte un deux-pièces à fleurs de coupe avantageuse. Elle savoure le regard qui la caresse au sortir de l'écume. Parfois, c'est elle qui prend l'appareil. Isaac a le corps mince et noueux, un visage entre Cassavetes et Belmondo à trente ans, l'expression clownesque. Entre eux circule quelque chose d'inéluctable et de chaud.

En Angleterre, Betty traverse une période spécialement difficile. Après dix ans d'horreur conjugale, elle divorce de Jack Johnson. Le juge statue à son seul bénéfice. Le père de Kate et Alice ne reverra pas ses filles pendant trente ans. Pour se changer les idées, la jeune femme laisse les petites à Olivia et rejoint le couple dans le sud de la France. Isaac photographie les sœurs dans les arènes de Nîmes, au sommet de l'amphithéâtre. Betty s'habille aussi bien qu'Ann, mais le profil est plus anguleux, le regard tourmenté. Elle a vingt-neuf ans et déjà une vie derrière elle, des problèmes avérés et beaucoup d'angoisse. La fin des vacances est tendue. Un peu mythomane, Isaac croit lui-même à ses fables. Betty jette de l'huile sur le feu. Au mois d'août, Ann la raccompagne en Angleterre. Elle a rompu.

Kate et Alice ont beaucoup changé. Ann s'enchante de leurs progrès, toutes les trois s'inventent des jeux, un langage secret. Leur complicité se développe à l'écart de Betty, qui est moins drôle avec tous ses drames et ses médicaments. Cette dernière a commencé de consulter. Elle consulte si bien qu'entre deux ordonnances, elle retrouve son psychiatre au pub et le ciel sait où d'autre. Le Dr Hawks a beaucoup d'esprit. Il a aussi une femme, il ne s'en cache pas, personne ne la connaît mais on sait qu'elle existe. Ann est épatée. Elle ne s'attendait pas à rencontrer pareil intellectuel au bras de sa sœur. Le Dr Hawks déploie le charisme dont manque tant leur père George, cet être fantomatique perpétuellement relégué dans la coulisse par le travail, et maintenant sa faible santé. Quelques mois plus tôt, il a fait une crise cardiaque. ICI l'a aussitôt mis à la retraite. Le grand-père Matthew est mort quand Ann habitait Beauvais. Pour la première fois depuis leur mariage, George et Olivia se retrouvent seuls tous les deux. Pas pour longtemps.

Ann est ravie de séjourner chez ses parents. L'atmosphère n'a jamais été aussi détendue. Elle se prélasse dans une des deux petites chambres à l'étage quand Olivia lui apporte une lettre d'Isaac. Le jeune homme abandonné a trouvé le réconfort auprès d'une certaine Denise. Denise est vraiment sympa, ils s'entendent à merveille, Isaac pense qu'Ann sera heureuse de l'apprendre. En vérité, il pense le contraire, et il a raison. À la lecture de la lettre, Ann s'effondre. Elle n'arrête pas de pleurer, refuse de quitter la chambre. Olivia et George sont désemparés : ils n'ont pas la plus petite expérience du tourment amoureux. Betty, elle, s'y entend, et cette sœur si imparfaite retrouve la tête froide dans les crises. Elle montre la lettre d'Isaac au Dr Hawks, qui déjoue aussitôt la manœuvre. Isaac et Denise filant le parfait amour, quel besoin de l'étaler aux yeux d'Ann ? La jeune femme reçoit une ferme leçon de psychologie. Elle reprend courage en songeant à l'avenir. La thèse a très peu progressé pendant l'année à Beauvais. Il est temps de s'y atteler sérieusement, et par bonheur elle vient d'obtenir une chambre à la Cité universitaire internationale, à Paris.

Édifié dans les années 1920, cet ensemble architectural cossu, aéré, constitue un point d'attraction pour les étudiants du monde entier. La vie y est très excitante. Tous les jours ont lieu des conférences, débats, spectacles. Ann partage d'abord sa chambre avec une Américaine qui lui cause beaucoup de perplexité : sa colocataire passe la soirée à s'épiler les jambes. Elle s'étonne de la voir gaspiller un temps précieux alors que la Cité offre tant de possibilités attrayantes. À la première occasion, elle emménage avec Tamara, une Genevoise étudiante en médecine. Comme elle, Tamara se montre curieuse de tout, spécialement des arts et des hommes, sans prérequis de mariage. Ann a enfin une amie. Elles sortent sans arrêt, se présentent de nouvelles personnes qui leur proposent d'autres sorties, où elles rencontrent encore des personnes passionnantes. Soudain l'existence est un délice où le mal n'a pas de prise. Les étudiants passent une visite médicale obligatoire, des examens de routine. Ann reçoit un courrier en retour. Elle l'ignore, ainsi que le deuxième. Au troisième, elle se penche enfin sur ce qu'on lui écrit : ses poumons sont tachés, conséquence d'une tuberculose attrapée dans l'enfance. Elle n'avait pas idée qu'elle avait contracté la maladie. Qui pense encore à la tuberculose, loin du froid et de la malnutrition des années de guerre ?

La thèse, en revanche, avance moyennement. Si la phase de recherche était tolérable, la rédaction s'avère un supplice. Dès qu'elle a terminé un chapitre, Ann l'envoie à son directeur, à Manchester. Elle attend fébrilement la réponse. Quand celle-ci lui parvient, les commentaires sont laconiques. Un jour, il se borne à écrire *This is distilled thesis*, Ceci est de la thèse distillée. Elle retourne la phrase dans tous les sens. A-t-elle fait trop long et verbeux, ou au contraire trop dense et allusif ? Elle se sent trop bête pour poser la question. Elle a rédigé la moitié de la thèse. Elle rencontre Javier.

Dans la vie de Javier, il n'y a de place que pour le plaisir. Il est venu du Mexique pour devenir un grand peintre. Ses proches attendent avec impatience sa première exposition – son père, surtout, qui subventionne l'aventure parisienne. Javier entraîne Ann dans les vernissages, les galeries, lui fait découvrir la Nouvelle Vague. Après mûre étude de son visage, il décide qu'elle doit se teindre les cheveux en noir et cercler ses yeux de khôl pour se donner plus de mystère. La transformation est saisissante. Fier de sa création, il lui présente Paul Leduc, qui termine ses études de cinéma à l'Idhec. Le réalisateur propose à la jeune femme d'apparaître dans son film de fin d'études. Elle doit embrasser un bel homme noir sur le pont Neuf. Ils sont très mauvais tous les deux. La séquence est coupée au montage.

À défaut de peindre, Javier s'efforce de rencontrer les grands artistes. Il s'est procuré l'adresse de Georges Braque. Un matin, il sonne avec Ann chez le maître. Une dame très triste leur annonce que M. Braque se porte bien mal : en d'autres circonstances, il leur aurait volontiers ouvert son atelier. Ann et Javier s'en retournent la tête basse. Quelques jours plus tard, ils apprennent la mort du peintre dans le journal. D'un coup, Paris n'est plus si gai. Quelque chose de sombre les rattrape. Et s'ils s'installaient à Rome ? Ils ont vu *La Dolce Vita*. Oui, à n'en pas douter, c'est Rome qu'il leur faut.

En 1963, il n'y a rien d'étonnant à ce que deux jeunes gens s'installent dans une capitale européenne où ils ne connaissent personne sans autre projet que d'éprouver, vivre, respirer l'air de 1963. Ann et Javier posent leurs valises dans une pension. On ne leur réclame ni documents administratifs ni garants. Leur parole et leur belle apparence suffisent à rassurer la propriétaire. Javier les fait aussitôt inviter aux vernissages et à tous les événements où il faut être. Quand il entend parler d'une soirée intéressante à la terrasse d'un café, il découvre l'adresse et s'y présente avec Ann. Le couple franchit de somptueux portiques à la rencontre de personnages élégants, attrape des bribes de conversation, s'essaie à la langue, goûte le vin italien. Ils sont venus les mains vides ou avec une bouteille que Javier a volée dans une épicerie. Leur jeunesse et leur charme représentent toute leur contribution à la soirée.

Le système a cependant des limites. Le père de Javier finance son train de vie, puis il ne le finance plus. Son fils a toujours quelque chose à faire de plus urgent que de peindre. Le retour sur investissement a trop tardé, il doit se prendre en main. C'est mésestimer l'inventivité du jeune homme, qui maîtrise une riche palette de solutions pour vivre sans travailler. Ann perçoit toujours sa bourse de thèse – elle continue mollement de plancher sur la Révolution. Surtout, elle sait vite assez d'italien pour réaliser des traductions. La logeuse empoche son loyer, et la marmite reste pleine. Javier demeure préposé à l'agrément de leur vie sociale. Il aime par-dessus tout échanger, faire de nouvelles connaissances. Aussi, que peut-il quand ces personnes lui trouvent du charme sinon succomber comme Marcello de *La Dolce Vita* – Marcello qui, à force de ne pas écrire, est un peu Javier ?

La Dolce Vita est sortie sept ans et des années-lumière après *Vacances romaines*. Ici, les femmes ne prient pas pour que Gregory Peck épargne leur vertu, elles supplient Mastroianni de leur faire l'amour dans l'instant, en public s'il le faut. Ann n'est plus une empotée des années 1950 : elle sait que la fidélité est une lubie rétrograde. Mais sa largesse d'esprit ne s'accorde pas à ses sensations. Elle se console en adoptant un petit chat sans queue. Le boucher lui procure des bas morceaux pour le nourrir, elle les fait mijoter afin de ne pas les livrer crus à l'animal. Un jour, elle est tellement dégoûtée, elle jette tout le contenu de la casserole à la poubelle. Cela fait un an qu'elle vit à Rome avec Javier. Elle adore la ville, la langue, mais elle a toujours son air d'Audrey Hepburn, et Javier vraiment rien de Gregory Peck. L'été revenu, elle trouve un nouveau maître au petit chat et retourne à Billingham.

Un changement s'est produit dans la vie de Betty. Après son divorce, elle a dégoté un emploi à la bibliothèque municipale. Elle tamponnait des livres, faisait du classement quand elle y a rencontré Rupert. Prof d'anglais, beau, spirituel, Rupert a sept ans de moins qu'elle et un seul défaut : une maladie dégénérative le condamne à brève échéance. Betty et Rupert s'épousent néanmoins – sans Kate et Alice, dont la présence trahirait l'âge de la mariée. Ann apprécie beaucoup son deuxième beau-frère, plein d'un humour noir qui l'aide à vivre. Pour elle, les dernières années ont été excitantes jusqu'à l'épuisement. Elle n'est pas pressée de repartir à l'aventure. Quand Rupert lui propose de le remplacer dans le lycée où il enseignait jusque-là, elle accepte sans hésiter. Elle s'entend bien avec ses nouveaux collègues, qui ont des idées avancées comme les siennes. Mais la thèse atteint le point mort. Son directeur de recherche vient de publier un ouvrage sur la Révolution. Elle découvre qu'il a utilisé de larges pans de son travail pour le documenter. Abasourdie par cette absence de droiture dans le lieu de la plus haute légitimité intellectuelle, elle renonce au doctorat. Les deux tiers déjà rédigés de la thèse atterrissent au grenier de la maison familiale. Elle ne mesure pas encore la portée de sa décision, seulement la déception d'Olivia.

La santé de Rupert décline moins vite que prévu. Il a envie de voyager, obtient un poste en Arabie saoudite. C'est très bien rémunéré et l'occasion d'être un peu Lawrence d'Arabie. Tout le monde a vu Peter O'Toole sur son chameau en Technicolor. On a bien quelques objections morales – notamment, Betty portera le tchador et devra restreindre ses moindres faits et gestes. Mais cela lui fera le plus grand bien de prendre l'air loin, très loin de Billingham. Kate part en pension, Alice l'y rejoindra à la rentrée suivante. En attendant, elle s'installe chez George et Olivia, où Ann a déjà pris ses quartiers.

Ann et Alice passent une année de rêve. Le destin réunit enfin celles qu'il avait injustement séparées. Elles se créent un monde imaginaire, écoutent les Beatles, regardent « Top of The Pops », l'émission musicale de la BBC, et se laissent choyer par Olivia. Celle-ci est beaucoup plus détendue depuis que Betty a transporté ses mélodrames au Moyen-Orient. Elle peut enfin se consacrer à ses passions, la lecture et la cigarette. Parvenue à l'âge mûr, Olivia a découvert les Benson & Hedges, fabuleuses inventions enveloppées dans un paquet doré à fines cursives rouges. Elle n'avait jamais fumé, soudain elle tourne à un paquet par jour. La cigarette lui procure la dose d'exaltation qui manquait à sa vie. Un transat dans le jardin, un livre d'archéologie et ses Benson & Hedges – Olivia connaît enfin la volupté. George végète placidement à son côté. On est très contents les uns des autres. Puis Alice a un an de plus et l'âge de rejoindre Kate en pension. Ann la regarde s'en aller. Elle a bientôt trente ans, pas vraiment de perspective : elle quitte son poste au lycée.

Après les années de ruine et de reconstruction, Londres devient le centre de la mode. Partout on se réunit pour parler politique, littérature, monter des pièces de théâtre, organiser des concerts. Les femmes portent des minijupes Mary Quant, des bottes en cuir, du noir autour des yeux et du gloss pâle sur les lèvres. Ann trouve un emploi dans une école de langues et emménage avec Harriet et Oona. La première enseigne l'anglais. On ne sait pas très bien ce que fait la seconde, à part prendre beaucoup de LSD. Mais Oona possède un charme envoûtant. Elle séduit tous ceux qu'elle rencontre, sauf Harriet quand elle essaie par tous les moyens de ne pas payer sa part de loyer. Harriet et Oona se disputent sans arrêt. Ann a le beau rôle, sort avec l'une ou l'autre, fréquente des intellectuels et des artistes. Un soir, elle rencontre quelqu'un qui a rencontré Doris Lessing et l'a trouvée très déprimée. Tout le monde a lu *Le Carnet d'or*. Les opinions se partagent entre haine et vénération. Doris Lessing écrit sur l'engagement politique, la difficulté de construire une œuvre, l'émancipation par rapport aux conventions du vieux monde, la dépendance à l'amour. Déprimée ou non, elle pétrit la matière où sont prises toutes les jeunes femmes des années 1960.

Ann se plaît beaucoup à Londres. Alice vient la voir, elle lui fait découvrir Hyde Park, Oxford Circus,

Leicester Square. Mais Paris lui manque. Dès qu'elle peut, elle rend visite à Tamara, qui finit son internat de médecine. Quand elle arpente les boulevards en mini-jupe, elle feint de s'étonner qu'on la reluque avec insistance. Les Français ont toujours eu un train de retard. Elle l'avait déjà noté pendant son séjour en Bretagne, à dix-huit ans, chez sa correspondante Guénolé. Par contre, ils sont en avance sur la politique. Elle n'est pas à Paris en mai 1968, mais elle y revient l'année suivante. Pour leurs retrouvailles, Tamara organise un dîner avec son nouveau petit ami et l'ami de cet ami. Outre sa flatteuse apparence, François porte un très beau nom, un nom alsacien proche de celui d'un acteur sans pareil – Gregory Peck. Mais cette fois, la réalité supplante le rêve. Ann rentre chercher ses affaires à Londres. Elle s'installe à Paris pour n'en plus repartir.

13

Ma mère entre en soins de suite le jour de mon quarante-huitième anniversaire. Je prends conscience que, chaque 18 mai pendant quarante-sept ans, elle m'a écrit une carte de sa main ronde et ferme, inimitable, et que maintenant c'est terminé. Je ne suis pas du tout en forme. Mon amie Florence propose de m'accompagner à l'hôpital. Je dis Non puis Oui, et nous y allons en taxi. Il fait très beau. C'est le même printemps démoniaque que pendant le premier confinement.

Quand j'ai accepté le transfert dans le nouveau service, j'ai supposé que l'ensemble du site hospitalier était conçu sur le même modèle militaro-hygiéniste du XIXe siècle. Il m'avait pourtant semblé, circulant à pied ou à vélo, que le trottoir opposé accueillait des constructions moins reluisantes. J'ai cru qu'il y avait d'autres bâtiments à l'arrière des façades semi-récentes aux angles pelés. À l'évidence, ce décor ne pouvait abriter un lieu de soin.

Au Moyen Âge ont été édifiés dans le monde islamique des bîmarîstân, ou lieux des malades. Ces ambitieuses constructions à coupoles et arcades s'agençaient autour d'une cour pourvue d'une fontaine afin de maintenir la fraîcheur, de galeries couvertes pour se promener à l'ombre. Considérant que le cadre est essentiel à la cure, ainsi que la psychanalyse le redécouvrirait mille ans plus tard, on faisait entrer les patients par une porte et sortir par une autre, une fois le parcours de soin accompli. Dans l'intervalle, des musiciens venaient jouer pour eux. Les bîmarîstân ont fonctionné pendant des siècles, gratuits et destinés aux hommes et femmes de condition modeste. On pensait qu'il fallait bien accueillir les malades pour qu'ils aillent mieux. Sur le plan de l'architecture, l'Occident contemporain manifeste surtout son désir de les achever.

Ignorant l'élémentaire fonction de soin de l'espace et du lieu, le nouveau bâtiment ne traduit qu'une brutale propension à détruire tout ce qui, chez l'individu, peut encore être sauvé. D'abord, Florence et moi ne trouvons pas l'entrée. Nous butons sur des portes coulissantes qui ne coulissent pas, gardées par un vigile obnubilé par son smartphone. Un musicien payé le même prix pour jouer deux heures par jour auprès des patients serait sans doute plus utile qu'un agent de sécurité à l'entrée d'un service de gériatrie, mais qui suis-je pour parler. Sur justification, il consent à actionner les portes. Une borne d'accueil désertée stagne devant une porte close. Le véritable accueil se situe à l'étage, avec un comptoir et une secrétaire derrière. Elle nous ignore ostensiblement jusqu'à ce que je l'interpelle d'une voix forte, ce qui est tout à fait ridicule puisque nous sommes les seules personnes présentes dans ce couloir. Je demande après ma mère. 3B, lâche-t-elle avec effort, avant de tirer le rideau de fer sur le comptoir.

Comme la façade, les murs sont de cette couleur dite par convention saumon. On pourrait aussi la qualifier de pêche, encore que les pêches ne se présentent pas davantage sous l'orange maladif qui porte leur nom. En renonçant à toute tentative de maquiller le réel, on pourrait dire de cette peinture qu'elle est rose cafard, un rose en quelque sorte oxymorique, détourné de sa nature primitive qui suggère la vivacité et le renouveau pour désigner le morbide. Quant au lino, je ne vois pas quel adjectif décrirait mieux sa nuance que celui de pisseux. Les tubes fluorescents insérés dans le polystyrène du faux plafond pissent sur le sol des jets de lumière parfaitement inodores. Ainsi, le cadre est parvenu à créer une palette sensorielle contre-nature, à infléchir perversement la vocation des couleurs.

La 3B est beaucoup trop petite pour accueillir deux patientes. Je me fraie un chemin entre les tables roulantes, les fauteuils, les ustensiles médicaux. Ma mère se tient dans le renfoncement entre le lit et le placard. Les stores sont à moitié tirés sur le ciel radieux, un film en plastique opacifie le bas de la fenêtre. Cette chambre ressemble à une tombe, et ma mère hagarde contemple le vide, un filet d'eau gélifiée aggloméré sur le menton. Je me précipite dans le couloir, où j'éclate en sanglots. Un peu plus loin, Florence temporise avec une vieille dame qui la supplie de mettre fin à ses jours. Elle toque à une porte cadenassée par un digicode et réussit à extraire une interne du bureau. La jeune femme vient me tapoter l'épaule en demandant ce qui ne va pas. Je pense qu'elle est aveugle et sourde ou prématurément rendue telle par ce couloir qui martèle dur comme fer que vous n'êtes rien, que vous ne méritez pas d'exister, encore moins de recevoir des soins aux frais de la société. D'ici à une dizaine de jours, me rassure l'interne, la médecin me convoquera pour faire le point sur mon PROJET. Je sens que nous n'allons pas nous entendre. PROJET, dans la bouche de l'interne, est un mot pudique pour faire croire que l'avenir résulte d'un choix délibéré, alors que tout conspire à vous ôter le libre arbitre. PROJET, dans mon esprit, désigne la capacité à échafauder un plan en vue d'accomplir une chose désirée. Rien de ce qui se joue ici n'excite de près ou de loin mon désir. Ce qui se joue ici a trait à la vie et à la mort, et ne relève en aucune façon d'un fantasme entrepreneurial.

Le soir, je prends des tranquillisants qui me calment sans me faire dormir. J'arrive à Nantes le lendemain midi, les yeux gonflés, blême et rouge. Le prof d'histoire-géo m'attend à la gare. Je l'informe aussitôt que je ne suis pas dans mon assiette, et même au bout du rouleau, j'ai failli ne pas venir. J'ai mis mon armure de désagréabilité. Elle me fait tenir debout dans le tube vitré qui enjambe les voies au-dessus des trains. Le prof ne s'émeut pas outre mesure. Au contraire, il se montre très calme, très compréhensif. Je me laisse trimballer dans sa voiture en faisant la gueule jusqu'au lycée. La documentaliste et la prof de français ont préparé un pique-nique. On déjeune dans la salle de classe, la rencontre avec les élèves démarre juste après. Leurs yeux brillent. Elles ont lu mon livre, elles ont beaucoup de questions. J'émerge de l'insomnie, de l'hôpital. On s'accroche aux mots qui jettent entre nous des ponts au-dessus de l'ordinaire. On se charge à bloc, on s'applaudit. Une heure plus tard, j'ai rendez-vous dans la librairie de mon amie Charlotte pour une rencontre animée par mon ami Bernard. Tout se passe très bien. Nous buvons un verre, puis je remonte dans le train pour Paris, où je dors comme une pierre. Au matin, je reçois le plombier pour l'adaptation de la salle de bains aux besoins d'une personne handicapée. Je n'ai pas le courage de lui avouer qu'il s'est déplacé pour rien : je l'ai appelé pour complaire à l'assistante sociale, tourner en rond dans le marécage des assistés sociaux. L'après-midi, je vais à l'hôpital. Ma mère est toujours prostrée dans sa tombe, sans un rééducateur à l'horizon. Je m'effondre de nouveau et le soir reprends le train pour la fête du livre de Montpellier. Débarquée vers minuit, je retrouve de nombreuses connaissances. Soudain la vie redevient cette merveilleuse succession de trains et d'hôtels qu'elle n'aurait jamais dû cesser d'être, une vie en apesanteur, loin de tout ce qui cloue au sol, la tristesse, les problèmes. Le samedi matin, sur la place de la Comédie, la foule jubile de ce printemps déraisonnable. J'enchaîne les rencontres sous le chapiteau du festival et déjeune au soleil avec Margot. Sur une terrasse à nappes blanches, nous buvons du vin blanc en nous demandant s'il est légitime de vouloir tuer nos mères. Entendons-nous : de tout faire pour améliorer leur sort et, si ça ne suffit pas, de vouloir mettre fin à l'insupportable. Nous décidons que oui. Nous sommes deux donc puissantes. Sur le stand, je parle à tout le monde, je raconte n'importe quoi, je m'en moque. C'est une journée magnifique dont la matière est l'écume, sans fatalité, sans coupable. Je l'aspire à grands traits avant de replonger au fond.

Les jours qui suivent, jamais je n'aperçois une orthophoniste, une kiné, une psychomotricienne ou une ergothérapeute, ni auprès de ma mère, ni auprès des autres patients. Les valides font quelques pas dans le couloir en s'agrippant aux rampes. Il paraît que la rééducation a lieu le matin. Ma mère ne peut pas me le dire, elle a perdu la notion du temps et ne reconnaît pas les visages masqués des soignants. Son état stagne, voire il régresse. À la télé, le jubilé d'Elizabeth II tourne en boucle. Elle lève les yeux au ciel d'un air écœuré. Je mets la cinq ou la sept dans l'espoir de l'intéresser : une fois, son regard se fixe intensément sur Robert De Niro dans *Taxi Driver*. Mais le plus souvent, quand j'arrive, une forêt d'instruments médicaux dissimule le poste. Je scotche des panonceaux pour demander de bien vouloir dégager l'espace devant l'écran, de laisser la télécommande du lit à main gauche afin que la patiente puisse l'utiliser, en pure perte. Les aides-soignantes n'ont pas le temps de se rappeler les particularités de chacun ni de lire les panonceaux. L'une d'entre elles a toujours l'air triste. Son père occupe la chambre adjacente, il pleure sans arrêt. Parfois, il promène son fauteuil roulant dans le couloir ou la chambre de ma mère pour pleurer en compagnie. Il y a quelques mois encore, son épouse prenait soin de lui. Elle s'est tuée à la tâche.

Le premier Ehpad que je visite m'a été recommandé par la professionnelle recommandée par l'assistante sociale. Situé en proche banlieue, il offre de grands salons lumineux. Des employées rigolardes s'apostrophent à l'accueil. Les résidents n'ont pas l'air trop malheureux, sauf une bande d'invalides postés devant un écran éteint. Certains prennent le soleil sur une terrasse entourée de grands arbres. On me montre une chambre étroite mais moderne, avec vue sur le jardin. Je peux changer les meubles si je veux. Je demande si ma mère aura cette chambre. Ah non, c'est la chambre témoin. On ne peut pas réserver une chambre en particulier, ça dépend de ce qui est disponible au moment de l'admission. Oui, il y a aussi des chambres sur le boulevard, mais les personnes âgées, vous savez, elles n'apprécient pas toujours le calme ni la lumière. Le tarif s'élève à trois mille euros par mois. Cependant, comme je viens de la part de la professionnelle, j'ai droit à vingt pour cent de remise. Il faut me décider vite, l'offre promotionnelle n'est bientôt plus valable.

Je découvre que les Ehpad sont un marché comme un autre. Donc il faut comparer. Sur Internet, je repère un établissement près de chez ma mère. Il accueille cinquante résidents, contre une centaine pour le premier. Les photos dévoilent un salon contemporain, la collection Habitat au grand complet si je ne m'abuse. Il y a aussi une terrasse et des arbres. C'est trois mille huit cents pour une petite chambre, mais puisqu'on peut négocier. Sur place, la directrice m'informe aussitôt que l'établissement est très demandé. Pas question de discuter le prix, ma mère aurait déjà de la chance d'avoir une place parce que, pour le moment, c'est complet. Sous-entendu : personne n'est mort récemment. Sous-entendu : ici, on ne tue pas les gens. L'établissement m'apparaît tout de suite très désirable. J'ai beau savoir que c'est une tactique éprouvée d'agent immobilier – surjouer la demande pour gonfler la valeur du bien –, son discours parle à mon cœur de fille. Je recommence à faire des calculs. Je turbine. J'ai mal au crâne. La directrice adopte un ton confidentiel. Je dois savoir, souffle-t-elle *sotto voce* – et bien sûr cela ne préjuge en rien de l'avenir, néanmoins le chiffre mérite d'être dit –, je dois savoir que, dans ce genre d'endroit, l'espérance de vie s'élève en moyenne à trois ans et quatre mois. Et elle me laisse méditer ce renseignement pendant qu'elle me fait visiter une chambre minuscule (la seule que nous serions en mesure de financer), le réfectoire et un salon un peu râpé, où trône un gramophone. C'est sympa, un gramophone, ça rappelle leur jeunesse aux anciens, suggère-t-elle, soudain sentimentale à la pensée de ces anciens nés dans un temps si reculé que s'y mêlent indistinctement toutes les vieilleries, les gramophones et les diplodocus. Au fond, l'établissement ne me semble pas si différent du premier, sinon que la brochure est imprimée sur du beau papier soyeux, rassurant au toucher.

Pour changer d'air, je vais chez l'ambassadeur du Pays ami. La première fois que j'ai reçu l'invitation à sa garden-party annuelle, je m'étais fait une montagne de cette soirée. Je craignais de ne pas savoir me comporter, de dire des âneries. La vie ne m'avait pas habituée aux réceptions dans les ambassades. Puis j'ai compris qu'il suffisait de faire comme si de rien n'était, comme si tous les jours je picorais des amuse-bouches en causant de choses et d'autres avec le personnel diplomatique d'un allié européen. Depuis, je ne me prends plus la tête pour aller chez l'ambassadeur. Dans le salon de musique, on entend deux ou trois discours, après quoi on boit le champagne en déambulant dans le grand jardin à la française à l'arrière de la résidence. Des extras offrent d'inventifs petits sandwiches, remplissent les coupes. Si on me demande mon avis, je suis opposée aux loisirs de masse et favorable au luxe pour tout le monde. Je ne suis pas née à Billingham. Je suis née à Paris, et je peux révéler des secrets bien gardés : ici, la monnaie d'échange n'est pas l'argent, c'est la maîtrise du langage.

Le troisième Ehpad loge dans un quartier très bien desservi, près de la Nation. La directrice s'exprime sans détour, sérieuse, compétente. Soudain l'autre ne me paraît plus si fiable. Je suis entrée dans la spirale de l'immobilier, aveuglée par les miroitements contraires de tous les discours de toutes les directrices. Il y a des chambres libres à trois mille cinq, négociables à deux mille neuf parce que je viens de la part de la professionnelle. Je n'ai qu'à indiquer ma préférée, on me la réservera. Pleine d'espoir, je monte à l'étage. Les résidents sont figés devant la télévision dans une pièce aveugle, l'œil rivé à rien. D'autres délirent dans leur chambre. Tout est affreux, obscur, sinistrement meublé. C'est la définition du mouroir. Je pars en courant. J'ai un sursaut de sens commun : je ne vais pas jouer l'avenir de ma mère à la roulette. Ceci est un jeu très sérieux, et je me demande si l'assistante sociale m'en a expliqué toutes les règles. Sur un site d'information, je découvre que la moitié des Ehpad relèvent du secteur public. J'aurais aimé qu'elle me le signale au lieu de me tendre la carte d'une courtière qui perçoit une prime chaque fois qu'elle place un vieux quelque part. Mais les établissements publics ont meilleure réputation, donc il y a plus de demandes et plus d'attente.

Dans l'appartement, je déplace les objets avant de les remettre en place puis de les déplacer à nouveau. Ils sont incrustés dans le paysage. Je fais des cartons pour les descendre à la cave et les vide avant d'avoir atteint l'ascenseur. Le salon devient une lande de cartons baignée de soleil. Les plantes s'épanouissent au-delà du raisonnable. S'est accomplie la prophétie de mon premier roman, où le personnage principal entretient l'appartement de sa mère disparue. Elle ne l'habite pas. Elle soigne la végétation qui envahit l'espace comme une forêt dormante. Elle attend de récupérer sa mère – l'a-t-elle jamais possédée. À mes heures perdues, je continue de chercher les journaux de 1952 et 1953, sans trop y croire. Je n'espère plus que je vais les retrouver, ni ne peux admettre leur destruction. Au fond d'un placard, je découvre une collection de vieux flacons en plastique. Pourtant ma mère jugeait avec hauteur ces personnes qui ne jettent rien, victimes du syndrome de Diogène qui étalent leur névrose au grand jour au lieu de la pousser sous le tapis. En secret, elle aussi accumulait des fonds de placard. À quoi pouvait lui servir cette collection de vieilles choses inutiles. Je trouve la réponse en formulant la question. S'il fallait se débarrasser de toutes les vieilles choses inutiles, on finirait par se jeter soi-même à la poubelle.

Trois semaines après l'entrée en soins de suite, le Dr Astral me convoque. Je me présente au rendez-vous avec Florence, qui est très calme et ne pleure pas tout le temps comme moi depuis que ma mère s'étiole dans ce service. Le Dr Astral nous reçoit dans son petit bureau saumoné. Je ne l'ai jamais rencontrée auparavant. Égarée dans des pensées cosmiques, elle demande d'épeler le patronyme, trois fois, repère enfin le dossier sur l'ordinateur et nous en donne lecture. Je n'apprends rien de neuf – stabilisation des fonctions vitales, hémiplégie droite sans pronostic de récupération, perte d'autonomie majeure – mais fais semblant de m'intéresser pour qu'elle s'intéresse à son tour. Maintenant, c'est à moi. Où en sommes-nous de la rééducation qui doit permettre de s'ajuster à cette vie moindre, de mieux parler, de mieux utiliser la main gauche pour se nourrir, se brosser les dents, déplacer le fauteuil roulant ? Une fois de plus, j'entends que la kiné et l'orthophoniste voient la patiente deux fois par semaine, quand elles ne sont pas en arrêt maladie ou en vacances. Bref, il n'y a aucune différence avec la médecine aiguë sinon que le cadre est beaucoup plus déprimant. J'insiste. Il faut que la rééducation démarre vraiment parce qu'à ce stade, ma mère ne peut rien faire par elle-même, et cet entre-deux n'est pas viable. Le Dr Astral en convient. Si elle pouvait, elle ferait mieux. En attendant, je dois prendre rendez-vous avec un deuxième assistant social pour avancer sur le PROJET. J'ai l'impression que nous ne parlons pas la même langue. Elle pense que je vais finir par lâcher l'affaire. Je pense qu'elle va finir par faire son travail de médecin, au chevet des patients. Chacune relance son disque. Je réponds quand même que j'ai visité des Ehpad. La décision est complexe, d'autant que les aides dépendent du niveau d'autonomie. Au cours de mes investigations, j'ai appris que l'administration classe les individus de 6 à 1. À 6, vous êtes autonome. À 1, vous êtes un légume. Je demande où se situe ma mère. Un ? suppute le Dr Astral, avant de se raviser. Je vais la regirer, s'exclame-t-elle dans un sursaut d'énergie. Elle n'a pas besoin de m'expliquer. Le GIR, pour groupe iso-ressources, désigne le niveau d'autonomie. Girer signifie établir le GIR. Regirer signifie réévaluer le GIR. La médecin a retrouvé le sourire. Il est si doux de se perdre dans les raffinements du vocabulaire pour oublier que le tableau général n'a pas de sens. Quoi qu'il en soit, se reprend-elle, je dois accélérer mes démarches : vu l'état de la patiente, il faut s'attendre à des refus. Je n'ai pas la présence d'esprit de répondre que, si la rééducation démarrait effectivement, son état s'améliorerait sans doute assez vite. Soudain je pose la question qui égalise la vie de ma mère à un chiffre. Pour combien de temps en a-t-elle ? Le Dr Astral réfléchit.

Quelques mois.

Je commence à pleurer. J'aurais dû savoir qu'il ne fallait pas poser cette question. Ou peut-être que je l'ai posée exprès, pour pleurer devant la médecin. Nous sommes sorties de l'argumentation rationnelle.

De fait, nous n'y sommes jamais entrées. Tous les coups sont biaisés, fallacieux. Il vaut encore mieux pleurer, gagner du temps. Le Dr Astral a suivi douze ans d'études, moi huit, et nous jouons à qui dit mieux.

Un an, enchérit-elle.

Je pleure plus fort.

Peut-être deux.

C'est son dernier prix. Et, de but en blanc, elle nous décrit le service de soins palliatifs. Au cas où. Si aucun Ehpad n'acceptait de recevoir la patiente, si je recueillais trois refus successifs, à la rigueur elle pourrait rester à l'hôpital. D'abord en hébergement de longue durée puis, le moment venu, en soins palliatifs, où tout est fait pour accompagner au mieux les partants. Je n'ai plus de questions. La médecin elle-même ne croit pas qu'une maison de retraite accueillera ma mère. Elle suggère donc de faire semblant de chercher une solution pour que, celle-ci n'advenant pas, elle puisse l'orienter vers ce mystérieux service de longue durée. Le Dr Astral aussi est coincée dans une logique absurde. Son travail ne consiste pas à pratiquer la médecine mais à faire tourner les lits.

Or les mots doivent avoir un sens ou c'est, avant l'extinction de masse, l'absentement de l'existence qui s'abat sur l'espèce humaine. C'est ainsi que le lendemain, quand j'appelle l'assistant social et qu'il s'enquiert pépèrement de mon PROJET, je pète un plomb, une durite et un câble. On ne me fera pas entrer un PROJET à coups de marteau dans le crâne. L'assistant social en est donc pour ses frais lorsque je deviens complètement folle au bout du fil. Pour ce qui concerne le PROJET, ce sera donnant-donnant : je ferai mon boulot de fille quand on fera son boulot de médecin. Et je raccroche en me demandant pour la centième fois comment je vais sortir ma mère de là. Pour la centième fois, je n'ai pas la réponse. Je vais déjeuner chez Hélène.

Hélène est photographe. Chaque fois que je publie un livre, elle fait mon portrait. Je ne suis jamais habillée comme elle voudrait, toujours mon nez brille et je n'ai pas de poudre, il ne faudra pas me plaindre si les photos sont ratées, récite-t-elle invariablement tout en appuyant sur le déclencheur. Aujourd'hui, elle m'a préparé des crêpes au sirop d'érable, du bacon, des œufs brouillés. J'engloutis tout ce qu'elle fait glisser dans mon assiette en déblatérant la catastrophe qui est arrivée à ma mère, et à moi par dominos. La dernière fois, je n'ai pas fait tellement attention quand Hélène m'a parlé de la maison de retraite où vit la sienne. Je dis maison de retraite – en réalité, il s'agit d'un château dans un parc planté d'arbres centenaires. Tous les jours, les résidents assistent à une conférence, une projection, un concert. La mère d'Hélène y est très heureuse. Oui, mais la mère d'Hélène est une star de la littérature jeunesse, pas la mienne. Mon amie ne renonce pas si facilement. À l'entendre, nous avons toutes nos chances. D'accord, mais ça doit être hors de prix. Pas du tout, l'établissement est public. Ok, mais la liste d'attente doit être longue comme le bras, et je suis pressée. Remplis déjà le dossier, dit-elle. Je remonte sur mon vélo vert.

14

Sur l'amour, il n'y a rien à dire. C'est à la fois le plus brillant et le plus obscur. Ann et François s'épousent un an après leur rencontre, pas en conséquence de l'amour, pour raisons administratives et morales. S'il faut avoir une opinion, ils sont plutôt contre le mariage. Mais Ann ne peut pas travailler sans permis de séjour. D'autre part, les parents de François observent leur relation d'un œil circonspect. Catholiques, ils lisent *Le Figaro*. L'anticonformisme n'est pas leur tasse de thé. Or leur fils aîné refuse obstinément de reprendre l'entreprise familiale pour devenir artiste, et voici qu'il installe dans la chambre de bonne, au-dessus de leur appartement, une femme de huit ans plus âgée que lui. Contre toute logique apparente, le mariage résout le problème. George et Olivia ne font pas le voyage – trop de frais, trop d'aventures pour un morceau de papier. On boit une coupe de champagne sur le balcon des beaux-parents. En cadeau, Ann reçoit une topaze jaune dans un étui en plastique.

Le couple emménage à deux pas du Trocadéro, dans un minuscule rez-de-chaussée dépourvu de salle de bains. C'est une vie sans compte d'épargne, sans crédit logement ni désir d'en contracter. François dessine, fait de la gravure, fréquente des artistes. Elle enseigne l'anglais dans une école de langues. Aux vacances, ils visitent la Yougoslavie, où les gens n'ont presque rien à manger, se nourrissent d'olives et de fromage de brebis, parfois d'un œuf. Ann se baigne dans l'Adriatique semée de diamants solaires. Elle possède tout ce qui mérite de l'être.

François a repoussé le service militaire le plus longtemps possible, maintenant il faut y aller. Ann envoie une photo de son mari à ses parents. George vient de passer une semaine à l'hôpital pour quelque chose qui ressemble beaucoup à une attaque cérébrale. Dans sa réponse, il se dit très admiratif de son gendre en uniforme. Il aimerait connaître Paris mais ne se sent pas la force de faire le voyage. Surtout, il espère que le gouvernement conservateur d'Edward Heath va se reprendre face à la situation économique qui se détériore. Ann leur rend visite au mois d'août. Kate et Alice se réfugient souvent chez leurs grands-parents. Leur beau-père est mort. Rentré en hâte d'Arabie saoudite, Rupert a succombé à la maladie qui le condamnait depuis des années. Veuve à quarante ans, Betty plonge dans le mélodrame. Le Dr Hawks lui prodigue à nouveau des médicaments. Il lui faut beaucoup de cigarettes et de nombreuses tasses de thé pour garder les yeux ouverts. Sa main tremble de toutes les substances qui agitent son cerveau, la tasse tinte sur la soucoupe, manque de verser à chaque propos invariablement aigre, quand Betty revisite pour la centième fois l'histoire, les malheurs abattus sur sa tête innocente, les bonheurs qui n'arrivent qu'aux autres. Ann emmène les filles au bord de la mer. Elles se prennent en photo sur le sable. Kate a des boucles courtes, l'œil espiègle. Chevelure longue et lustrée, Alice baisse timidement le regard sous le sourire d'Ann, lourd de passion rentrée.

François libéré du service militaire, le couple déménage près du bois de Vincennes. Ann adore cet appartement lumineux, confortable, pourvu de larges baies vitrées et d'une vraie salle de bains. À deux, c'est le luxe. En plus de l'école de langues, elle donne des cours particuliers à un directeur de la firme Colgate-Palmolive. Les leçons se déroulent après la journée de travail, dans son bureau des Champs-Élysées. Courtois, élégant, il nourrit sans doute quelque idée derrière la tête. Ann n'entre pas dans l'équivoque – la frontière sociale est par trop évidente. Mais elle est obscurément flattée lorsqu'un soir, après la leçon, un Américain l'accoste sur la place de l'Étoile, croyant avoir affaire à une prostituée. Il s'est laissé prendre à la veste en peau de mouton, la robe au-dessus du genou, les bottes en cuir. Elle lui rit au nez. Avec les autres profs de l'école de langues, elle organise une grève pour demander une revalorisation des salaires. La réunion se tient chez elle. La semaine suivante, elle est virée. Elle ne saura jamais qui a rapporté à la direction qu'elle avait pris la tête du mouvement social.

Ann a trente-cinq ans. La plupart des femmes de son âge ont déjà des enfants, deux virgule un en moyenne. Un examen révèle une pathologie à l'utérus. On décide d'opérer. C'est une procédure banale, mais le chirurgien manque d'expérience. Il tâtonne tellement qu'elle se réveille pendant l'intervention. Elle se souvient d'une douleur aiguë, de silhouettes floues qui fouillent son bas-ventre, d'échanges indistincts jusqu'à ce qu'on s'aperçoive qu'elle reprend conscience et qu'on lui réinjecte du produit anesthésiant. L'opération la fatigue beaucoup.

Elle obtient la nationalité. La police a enquêté, interrogé la gardienne pour connaître la véritable nature de ses relations avec François. Forment-ils un vrai couple ou font-ils semblant pour gruger la France, extorquer une naturalisation à laquelle nulle relation sexuelle ne leur donne droit ? La gardienne ne dort pas dans leur lit mais répond apparemment comme il faut parce qu'Ann reçoit sa carte d'identité. En Angleterre, Kate a vingt ans, elle est partie étudier dans le sud du pays. Alice termine le lycée, ne sait pas quoi faire ensuite. Comme elle se sent un peu de goût pour le dessin, Ann l'encourage à s'inscrire en école d'art. La jeune fille hésite, finit par y aller.

Malgré la crise pétrolière qui entraîne une forte hausse du chômage, Ann a facilement retrouvé du travail. À l'époque, tout le monde prend conscience de la nécessité de maîtriser l'anglais. Elle l'enseigne désormais aux employés parisiens de la Lemmings, une banque d'affaires britannique qui représente tout le système qu'elle déteste. Mais la grammaire procure de délicates récompenses à ses adeptes, et elle fait travailler la classe sur l'actualité, en évitant les articles qui abordent trop ouvertement les questions sociales. À l'été, Ann et François découvrent les Corbières. Des amis leur prêtent une ruine qu'ils ont achetée pour une poignée de francs. La maison n'a ni toit, ni eau, ni électricité. On campe dans les éboulis de pierres, au sommet d'une colline ébouriffée de thym et de romarin qui dévale vers la Méditerranée. Au retour, Ann est enceinte.

L'appartement du bois de Vincennes est trop petit pour accueillir un enfant. Le couple s'établit dans le XXe arrondissement, un ancien faubourg où les constructions modernes remplacent peu à peu les masures. Ils sont les premiers occupants d'un trois-pièces ensoleillé avec vue sur tout le sud de Paris.

Dans leur chambre, il y a juste assez de place pour circuler entre le lit, la penderie, le bureau et la bibliothèque d'Ann. L'autre chambre est tendue d'un papier peint à gros éléphants multicolores qui plaira au bébé. François installe son atelier dans la troisième pièce, la table à dessin, le chevalet, sa bibliothèque. On prend les repas à la cuisine, étroit couloir envahi par les blattes en provenance du vide-ordures, un équipement dont on aperçoit vite les inconvénients.

La grossesse confère à la chevelure d'Ann une épaisseur et une brillance inespérées. Pour préparer l'arrivée du bébé, elle lit le Dr Spock, cinquante millions d'exemplaires vendus dans le monde, je ne demande pas mieux. Le Dr Spock a des idées avancées sur l'éducation : il ne faut plus contraindre les enfants mais les écouter, les surprendre, promettre des épinards au dessert s'ils terminent leur part de gâteau en entrée. Après douze heures de labeur sans péridurale, Julia se présente le 18 mai 1974, la veille du second tour de la présidentielle, à l'heure du thé. Elle a deux semaines de retard, elle était bien. Ann se laisse porter par les événements, les sourires extatiques et les nuits trop courtes. Le Dr Spock recommande la souplesse sur les horaires d'allaitement et l'introduction rapide des aliments les plus divers. Un œil sur le livre, l'autre sur le berceau, elle prodigue tous les soins nécessaires avec une attention anxieuse. Elle n'a jamais été habile de ses mains. Absorbée par ces gestes si nouveaux, elle ne songe pas à les enjoliver de gazouillis, de caresses dont le Dr Spock ne fait nulle part mention. En l'absence de mode d'emploi, elle s'abstient aussi souvent que possible de toucher.

Ann a du mal à reprendre le travail. Soudain il y a tant à faire et pas d'instruments adaptés. Le moulin à légumes exige de la ménagère beaucoup d'effort pour peu de résultats, la Mouli-julienne fonctionne surtout dans l'imagination de son concepteur. Mais on ne peut se dispenser d'un salaire. François vend quelques tableaux. Les fins de mois difficiles, il prend un boulot de livreur ou de veilleur de nuit. En Angleterre, Alice a vingt ans. Elle décroche de l'école d'art puis décroche tout court. Persuadée d'avoir pris trop de poids, elle ne mange plus et fond à vue d'œil. Ann se ronge les sangs. Elle en veut mortellement à Betty, qui tourmente la jeune fille au lieu de l'aider. Mais elle est si accaparée avec sa vie en France, les exigences sans fin du bébé, l'argent à gagner, compter – tout à coup, il file entre les doigts. Puis George s'écroule, terrassé par une crise cardiaque. Sa mort le rend à l'ombre qu'il n'a jamais vraiment quittée. Elle imprègne la matière des jours, alourdit la charge ordinaire.

Paris n'est pas encore aussi policé qu'aujourd'hui. Au coin de la rue, des hommes louches fréquentent un bistrot malfamé. Une nuit, quelqu'un se fait descendre. La préfecture ferme l'établissement. Un autre soir, comme Ann emprunte une ruelle étroite en rentrant du travail, un type se jette sur elle. Cela lui était déjà arrivé quand elle habitait près du Trocadéro : les phares d'une voiture avaient mis l'agresseur en fuite. Cette fois, personne ne vient à son secours. Elle reste calme, accepte d'avoir un rapport sexuel avec l'homme, mais propose de se rendre chez elle pour plus de confort. Une fois qu'elle l'a attiré hors de la ruelle, elle lui annonce que son mari l'attend pour dîner. Le type part en jurant.

À deux ans, Julia est le contraire d'Alice. Elle engloutit tout le contenu de son assiette et réclame un biberon. Ann accède à son désir pour ne pas contrarier le Dr Spock, mais le pédiatre s'effare de la courbe de poids. Du jour au lendemain, elle vire de bord. Épouvantée à l'idée que sa fille ne s'enrobe, s'aliénant ainsi toute chance d'amour et de succès, elle instaure un régime strict. Elle achète des haricots verts, des petits pois, des carottes, du jambon blanc, du steak haché, de la purée Mousline, des yaourts bulgares. Pour les vitamines, elle presse des oranges et saupoudre tous les plats de persil haché – il faut énormément de vitamines pour pacifier le Dr Spock. Julia s'affine mais hurle sans arrêt. Ann n'arrive plus à se lever. Elle persuade l'école maternelle de prendre à mi-temps sa fille de vingt-huit mois. L'institutrice voudrait que ce soit le matin, pour les activités instructives. Ann la contemple avec hauteur. Comme si on apprenait quelque chose à la maternelle. Elle-même n'y est pas allée, ça ne l'a pas empêchée d'entrer à Cleveland School ni d'entamer un doctorat. Elle a gain de cause : Julia débarque à l'école à l'heure où les autres font la sieste et ne se mêle jamais à eux. Ann dit qu'elle va s'y faire. Elle sait que l'enfance est une jungle et que l'apprentissage consiste à repousser les branches à la force de ses poings écorchés.

Ann et Julia prennent le soleil sur le balcon. La première fait du raccommodage pendant que la seconde bricole avec la Play Family House de Fisher Price. Souvent, Ann marmotte des choses incompréhensibles, puis, saisie d'une inquiétude, se mord le bras. Sa fille lui fait vite savoir que cela l'indispose. Elle n'aime pas que sa mère parle toute seule ni qu'elle se morde. La lecture les rassemble. Dans la bibliothèque de Julia, les ouvrages préférés d'Ann sont *Vacances dans le jardin* (une famille désargentée campe dans son jardin pendant ses congés), *Un gâteau cent fois bon* (un gâteau très mauvais pâtissé par un chat et un chien à partir de cent ingrédients douteux) et *The Great Pie Robbery* (un cochon et un renard enquêtent sur un vol de tourtes), expédié d'Angleterre par Olivia. Ann traduit le texte pour sa fille. Elle ne lui parle que français : elle dit qu'apprendre deux langues en même temps ne conduirait qu'à mal parler les deux. Ann et Julia sont étrangères par définition. La langue qui est naturelle à l'une est étrangère à l'autre.

Depuis le premier jour, l'enfant ressemble beaucoup à son père et pas du tout à sa mère. Grande, robuste, elle a le visage un peu épais. Les traits d'Ann présentent une élégante asymétrie, légèrement désaxés, le sourcil impérieux. Il exprime tout ce qu'elle ne dit pas. Quand elle a rencontré François, elle n'espérait pas que ce séduisant jeune homme lui vouerait une fidélité éternelle et rétrograde. Elle sait qu'on ne garde pas un homme, un vrai, sans un zeste d'abnégation. Si la conduite de son mari lui déplaît, elle fait le dos rond ou s'en tire avec une ironie malhabile. Elle marmotterait si elle en avait le droit. Le couple reçoit souvent des invités, artistes ou poètes amis de François. Pour l'occasion, on transporte à l'atelier la table de la cuisine, on installe une rallonge, et on improvise des chaises supplémentaires avec les cubes de rangement. Ann a reçu de ses beaux-parents *Le Guide culinaire* d'Auguste Escoffier. Elle maîtrise la blanquette de veau, le pot-au-feu. Le dessert est en général quelque chose au four de pas très réussi. Elle fournit beaucoup d'efforts pour participer à la conversation. Ses commentaires surprennent. Elle aurait mieux fait de se taire.

Le samedi, Ann et Julia emportent à la laverie automatique de gros sacs de linge sale. Elles regardent les vêtements tourner dans le tambour. C'est très ennuyeux. Puis la mère de François offre une mini-machine à laver Calor. L'engin s'utilise dans la baignoire, où il fuit copieusement, fait beaucoup de bruit et seulement la moitié du travail : il faut essorer à la main. Julia trouve la mini-Calor très amusante, Ann moins. Le dimanche, on prend la 4L pour pique-niquer en forêt. Ann exulte dans le bon air, le bruissement des feuilles, les chants d'oiseaux. Ils lui rappellent quand le monde était moins construit, lorsqu'il y avait encore un champ au bout du jardin de Billingham. Julia déteste. Depuis la naissance, elle manifeste un caractère difficile.

Par les enfants de la maternelle, elle a appris que le père devait être plus âgé que la mère. Le contraire relève d'une infraction au bon ordonnancement des choses. Elle soumet cette opinion à ses parents. Ann répond sèchement qu'il ne faut pas parler de son âge. Les gamins de l'école disent aussi qu'il faut avoir des frères ou des sœurs, sous peine d'offenser ce même ordonnancement. Julia s'informe de la raison pour laquelle elle n'en a pas. Ann rétorque qu'ils n'ont pas les moyens : s'ils étaient plus fortunés, elle aurait sans doute voulu un deuxième enfant. Puis Julia note que le corps d'Ann n'est pas constitué comme celui des autres mères. Elle voit mal, ne sait pas courir, marche bizarrement. Ann siffle que ce corps s'est beaucoup modifié depuis la grossesse. Avant, elle avait les seins droits, le ventre ferme. Elle paie d'avoir eu sa fille tard. Le corps des très jeunes mères se rétablit aussitôt après l'accouchement, soutient-elle, certaines portent même leur bébé de telle façon que ça ne se voit pas. Julia retourne ces informations, parfaitement perplexe.

Quand les pieds d'Ann la font atrocement souffrir, elle se résout à l'opération. Elle passe trois semaines à l'hôpital. C'est l'extase. Elle jubile qu'on lui rende visite, de ne pas faire les courses, préparer les repas, balayer, nettoyer, ramener Julia de l'école alors qu'elle voudrait profiter de son mari comme aux premiers jours, ou simplement s'allonger avec un volume de Thomas Hardy. Olivia lui a envoyé les œuvres complètes du romancier. Dès qu'elle a un moment, elle se plonge dans *Le Retour au pays natal*, *Jude l'Obscur*, *Le Maire de Casterbridge*, et surtout son préféré, *Tess d'Urberville*.

Julia est en dernière année de maternelle. La veille des vacances de Pâques, Ann discute devant l'école avec la mère d'un petit garçon. Elle ne connaît pas cette femme qui lui propose d'emmener sa fille au grand air. Les parents du gamin ont fait construire un pavillon dans un lotissement à quelques heures de Paris. D'autre part, Julia refuse d'aller au centre aéré, on ne sait pas quoi faire d'elle pendant les vacances. Le soir même, elle monte dans la voiture avec ces parfaits inconnus. La semaine se passe mal. Les parents du garçon se révèlent très bizarres. La mère insiste pour que Julia se comporte « comme un homme » – elle répète cette expression à tout bout de champ – et la fait dormir par terre pour l'endurcir. Le père a l'air moins revêche, mais il sourit par en dessous. Julia n'a pas trop envie de l'approcher. C'est la première fois qu'elle voit une maison pareille, sans tableau au mur, sans bibliothèque, sans chevalet. Elle pose beaucoup de questions et celles-ci importunent ses hôtes. Ils l'engueulent de plus en plus, finissent par s'en donner à cœur joie. Elle est rouge de larmes quand Ann et François la récupèrent à la fin des vacances. Leur malaise a augmenté après la réaction des grands-parents, lorsqu'ils ont appris qu'on avait confié leur petite-fille à ces gens dont on ignorait tout. Ann ressasse que leur fils est tellement gentil, elle ne pouvait imaginer qu'il avait des parents si affreux. Elle a des principes arrêtés et des préjugés candides.

Ann et Julia vont en Angleterre. Lestées de plus de sacs et valises qu'elles ne peuvent en porter, elles prennent le train pour Calais, le ferry pour Douvres, le train jusqu'à Londres, le métro de Victoria à King's Cross, un troisième train vers le nord, enfin le bus pour Yarm. Après la mort de George, Olivia s'est installée dans ce bourg cossu, au premier et dernier étage d'un immeuble de quatre logements. Betty occupe le rez-de-chaussée. Elle se sentait seule, elle a persuadé sa mère de venir vivre au-dessus de chez elle. Kate et Alice ont fui le plus tôt possible. L'aînée s'est mariée juste après la fac, elle a une fille de trois ans plus jeune que Julia. Alice a trouvé un job dans une agence graphique. Le patron est tout de suite tombé amoureux d'elle. Elle vit depuis plusieurs années avec ce séduisant divorcé, ils ont eux aussi une petite fille.

Or, pendant qu'Olivia se préparait à emménager au-dessus de chez Betty, celle-ci a changé d'avis. Elle a rencontré un jeune homme. Dans cette nouvelle configuration, elle n'a plus envie d'avoir sa mère à l'étage. Ann est furieuse. Olivia aurait dû savoir qu'il ne fallait pas se plier au caprice de Betty. Elle serre les dents quand sa sœur monte prendre le thé en robe de chambre, vers quinze heures. Effondrée dans les coussins fleuris, Betty s'empare de sa trousse de maquillage, qu'elle laisse chez Olivia pour plus de commodité. Elle entreprend de se faire une beauté en ressassant son malheur d'être passée à côté de la vie, ses déceptions, ses perspectives à jamais anéanties. La contradiction ne sert qu'à alimenter son inexorable moulin. Quand le sitting-room embaume la lotion et le fard, elle parachève son œuvre d'un claquement de rouge à lèvres, puis, délestée de son manteau de plaintes, court rejoindre son jeune homme au rez-de-chaussée.

Olivia, Ann et Julia se promènent dans la grande rue de Yarm. Les belles maisons en brique percées de hautes fenêtres à croisillons accueillent des devantures attrayantes. Aux pains et pâtisseries succèdent les étals du boucher, du poissonnier, de fruits et légumes, les présentoirs du marchand de journaux, le grand supermarché moderne, les séduisantes vitrines de cosmétiques, d'articles de mode, de décoration. Quand elles ont terminé leurs emplettes, elles rentrent le long de la rivière, qui fait une boucle autour du village. Un chemin serpente entre le talus et l'eau. Sous la voûte de feuillage, elles marchent jusqu'au viaduc, majestueuse construction en pierre rose dont la structure s'est fragilisée avec le temps. Les appartements d'Olivia et Betty se situent juste au pied du pont. Quand les trains passent, peut-être cinq fois par jour, les pierres tremblent et la réception de la télé se brouille. À chaque fois, il faut déplacer la grosse antenne qui trône sur le poste pour rétablir l'image. On boit des tasses de thé en dégustant des sandwiches coupés en triangle, au cresson et à l'œuf, au concombre et au fromage frais, au corned-beef, au beurre de cacahuète. Le dimanche, Olivia fait rôtir une pièce d'agneau, les Yorkshire puddings, des pommes de terre, des carottes, des panais, des légumes verts. Elle confectionne les sauces, avec le jus de viande pour les puddings, à la menthe pour l'agneau. À l'heure du thé, la table se couvre de gâteaux pour accueillir la famille.

Kate et Alice sont plutôt heureuses avec leurs

compagnons. Bien sûr, elles ont leurs problèmes, mais qui n'en a pas. Les enfants jouent à leurs pieds. Elles étalent sur la moquette leurs Playmobil, leurs licornes à crinière arc-en-ciel, leurs accessoires de Sindy, la poupée britannique concurrente de Barbie, jugée vulgaire. De leurs petits doigts inquisiteurs, elles examinent le tulle des robes, les parures en strass, les mules à pompons. Julia apprend un peu d'anglais. Elle ne comprend pas tout ce qui se dit, répond souvent à côté, pose beaucoup de questions. Ann campe sur son savoir et son autorité. En Angleterre seulement, elle s'exprime avec assurance et toute l'aura de sa vie parisienne – en vérité dépêtrée de ce qui commence à lui échapper, les Français, le François.

15

Quatre amis viennent voir ma mère à tour de rôle. J'espère que leurs visites se substituent en partie à la rééducation, par stimulation affective et morale. Lorsqu'ils partent en vacances, je contacte une association de bénévoles, qui me met en relation avec Maurice. Presque aussi âgé que ma mère, il fait la lecture aux mourants que personne ne visite. Au regard de ses clients habituels, il la juge très en forme (tout est relatif). Elle l'apprécie beaucoup. Souriant, attentif, Maurice lui lit *Le Monde*, *Libération*, *Le Canard enchaîné*. Il s'intéresse aux mêmes sujets qu'elle. La qualité de la relation a pris le pas sur son contenu, devenu nébuleux par défaillance du langage. Le langage de la relation a remplacé celui des mots.

Kate et Alice annoncent régulièrement qu'elles vont venir. Il y a toujours un empêchement. Devant elles se dressent des obstacles si nombreux, je ne peux que me rendre à l'évidence et déplorer avec elles cet empilement de revers. La distance qui se creuse entre nous s'augmente de la distance particulière aux Anglais. Dans *Le Limier*, de Mankiewicz, Laurence Olivier joue un écrivain britannique jusqu'à la moelle, et Michael Caine un immigré italien qui a trimé toute sa vie pour se fondre dans la bonne société. Le premier ne cesse de renvoyer l'autre à ses origines. Poussé à bout, Michael Caine finit par s'écrier que, grâce à tous ses efforts, *I have become English*, il est devenu anglais. C'est le triomphe de Laurence Olivier, qui lui rétorque avec une inflexion spécialement méprisante *How can you possibly become English ?* Comment pourriez-vous bien devenir anglais – comme si la parfaite maîtrise de la langue, des coutumes et des mœurs permettait de s'arroger l'ineffable singularité que d'autres éprouvent dans leur chair depuis le premier jour, et même depuis avant la naissance, par transmission d'attributs dont le seul caractère inimitable confère à celui qui les porte une forme de noblesse.

Je ne rejoindrai jamais ma mère parmi les Anglais. Je la rejoins dans les livres. La fiction est une langue que nous parlons couramment toutes les deux. Depuis l'accident, elle parvient à déchiffrer quelques mots, mais la concentration requiert un effort trop violent pour son cerveau abîmé. Je lui lis les derniers titres envoyés par mon éditeur, *L'Instant précis où Monet entre dans l'atelier*, de Jean-Philippe Toussaint, *Taormine*, d'Yves Ravey. Depuis que j'ai publié mon premier livre aux Éditions de Minuit, elle suit attentivement les parutions de cette maison. Ses yeux se fixent sur moi. Elle tend toutes ses forces pour fabriquer du sens avec ce qu'elle entend. Souvent, elle m'interrompt. Qu'est-ce que tu en penses ? Je propose une interprétation, elle approuve ou réfute. Nous lisons les deux livres du début à la fin, puis j'en cherche un autre dans la bibliothèque de l'appartement. Je tombe sur *Pierre et Jean*, un roman de Maupassant que je ne connais pas. Il lui avait beaucoup plu, elle m'avait encouragée à le lire. Si elle l'a aimé une fois, elle l'aimera sans doute une seconde

Pierre et Jean sont deux frères rivaux. Depuis l'enfance, ils se mesurent l'un à l'autre dans tous les domaines, le jeu, l'étude, l'attention des femmes, l'affection de leurs parents, Pierre avec l'âpreté de l'aîné, Jean avec la nonchalance victorieuse du cadet. Pierre entre dans la vie adulte quand, par le hasard d'une petite phrase, il découvre la vérité cachée en pleine lumière. Si les frères sont aussi dissemblables, c'est qu'ils ne sont pas complètement frères. Leur mère est bien leur mère à tous les deux, mais Pierre est le fils du mari, Jean celui de l'amant. Cette révélation intervient assez tôt dans le récit. Dès que je l'entrevois, le sang s'épaissit dans mes veines. Il circule plus lentement, comme de longs serpents dans le corps. C'est une sensation lourde et froide, inévitable. Je surveille l'expression de ma mère au-dessus des pages, stoïque comme elle a toujours été. À de nombreuses reprises, je m'interromps. Je voudrais remporter le livre chez moi, le finir seule dans ma chambre. Je continue d'avancer dans les sables mouvants. La suite du roman décrit les tourments de Pierre, révolté d'être le seul légitime et pourtant le moins aimé, les piques qu'il inflige à sa mère, puis, quand il trouve enfin le courage de l'interroger, son désespoir à elle et la douleur plus grande encore du fils, qui s'embarque sur un transatlantique pour ne jamais revenir. Je ferme le livre avec l'impression d'avoir réchappé d'un naufrage.

Je n'ai pas raconté l'épisode du sentier des douaniers à mon psychiatre. On se voit une fois par an pour renouveler mon ordonnance de sommeil, je n'ai pas que ça à faire de lui raconter ma vie. Cette fois, je vide mon sac. Je déballe le flash trois ans plus tôt, le tunnel, les atermoiements qui ont suivi. Mon psychiatre a une méthode assez spéciale. Rien n'est grave, tout se raplatit face à son aimable détachement mondain. J'attends qu'il m'administre une dose de son art de vivre, qu'il m'explique que mes romans ont fini par me monter à la tête, cela relève d'une déformation professionnelle bien compréhensible, maintenant il faut redescendre sur terre. Le psychiatre réfléchit. Joignant les paumes sous le menton, il souligne que, si mon hypothèse s'avérait, elle remuerait sans doute des souvenirs douloureux. Ça ne m'a effleurée que très secondairement. Ce qui me préoccupe au premier chef, c'est qu'on nous aurait menti. On nous aurait laissé bâtir nos vies sur une erreur d'interprétation, sans s'inquiéter des conséquences. Le psychiatre suggère de faire une enquête. C'est une pratique issue de je ne sais quel courant thérapeutique. Si la question brûle trop ou que la réponse paraît inaccessible, il faut l'aborder de biais, rassembler des documents, approcher l'objet par cercles concentriques pour progresser vers une idée plus juste de la situation. Je remonte sur mon vélo vert.

Pour compléter notre candidature à la maison de retraite recommandée par mon amie Hélène – le château dans le parc –, j'ai besoin du dossier médical. Le Dr Astral me l'envoie par e-mail. Il décrit la patiente comme un pur organisme, une chose inerte, incapable de rien faire par elle-même, surtout pas de penser. Notamment, la médecin a coché la case Apathie. Je voudrais hurler. Quand j'entre dans la chambre, le visage de ma mère s'éclaire aussitôt. Elle demande comment je vais, ce que j'ai fait le matin, ce que je vais faire ensuite. Son discours s'embrouille, parsemé de molécules, mais elle s'intéresse vivement. Elle accueille avec le même enthousiasme ses amis ou Maurice.

Souvent, elle lâche un demi-sourire tragique, du côté de la bouche qui répond encore. D'autres fois, elle est très triste. Les émotions se succèdent rapidement, c'est le contraire de l'apathie. Mais je devine comment a été établi le diagnostic. Présumant que tous les patients sont sourds, on entre en criant Bonjour madame Deck, ça va madame Deck, on administre une palpation ou un médicament et on ressort en criant Au revoir madame Deck. Si la patiente ne produit pas dans l'instant la réponse qui la sauve, elle est déclarée irrécupérable, au revoir merci.

J'exige une réévaluation. Le Dr Astral me répond que le Covid vient de se déclarer dans le service, les séances de rééducation sont annulées pour trois semaines. Je demande si l'orthophoniste est souffrante. Non, mais elle ne se déplace plus dans les chambres, comme c'était le cas en médecine aiguë. À chaque séance, il faut convoyer ma mère en ambulance de l'autre côté de la rue. Pendant le Covid, c'est interdit. Je propose de pousser son fauteuil jusqu'au cabinet de l'orthophoniste. C'est interdit aussi. C'est un cauchemar.

Dans le train pour La Baule, je veux contacter le directeur des hôpitaux de Paris. Je connais quelqu'un qui connaît quelqu'un qui pourrait me donner ses coordonnées. Sur le point d'en appeler à la terre entière, je découvre que je me suis trompée dans mes contacts, mon plan tombe à l'eau. Au festival, je flotte parmi les écrivains comme une bouée au large, dodelinante, imbécile. Dès que possible, je me retire dans un coin pour lire Ruth Rendell. Beaucoup de ses nouvelles mettent en scène de vieilles invalides et les femmes qui ont leur charge. En général, les premières finissent assassinées par les secondes. Je pense à mon arrière-grand-mère Eleanor Ann, alitée dans le sitting-room pendant douze ans, qui toutes ces années tyrannisa sa fille Olivia de ses besoins incessants. Je pense à l'horreur qu'elle inspirait à sa petite-fille Eleanor Ann. Au-delà du prénom, la petite-fille est devenue la grand-mère.

Je continue de voir ma mère pendant le Covid. Je lui débarbouille le visage, la coiffe, lui coupe les ongles, lui brosse les dents. Je n'ai plus le courage de rester jusqu'au dîner. Elle a perdu beaucoup de poids. J'espère secrètement que le virus va enfin nous servir à quelque chose. Mais elle n'a toujours pas l'intention de mourir. Après une petite poussée de fièvre, ses symptômes refluent. C'est la huit-centième vague. Le Covid ne tue plus grand monde, sinon de solitude. Je continue à visiter des Ehpad. Le second assistant social s'est révélé, pour tout dire, plutôt sympa. Je lui explique que j'ai trouvé une bonne maison de retraite et lui demande de m'en conseiller d'autres au cas où le château dans le parc refuserait ma patiente. M. Bonhomme prétend d'abord que les goûts et les couleurs, c'est très subjectif. De la part d'un homme si affable, cela me paraît une réponse assez pusillanime. La définition du mot sordide ne varie pas tant que ça. De mon point de vue à moi, si le lieu est sinistre, le personnel obséquieux ou malpoli, que les couloirs sentent l'urine, cela représente des points incontestablement négatifs. Les assertions inverses constituent autant de points positifs. M. Bonhomme finit par lâcher le nom de trois institutions administrées par la Ville de Paris. La première assistante sociale s'était bien gardée de me parler de ces établissements, très sollicités. Ma mère remplit tous les critères de domiciliation et de ressources. Je vais les voir. Je compile des dossiers.

Je les dépose auprès des services compétents. Je suis engloutie sous les dossiers et les services compétents quand l'hôpital me téléphone. Le Dr Astral me prie de venir la voir dès que possible. Le ton est amène. Je me méfie. Pourtant je ne vois pas ce qu'on pourrait me reprocher. Je fais tout ce qu'on me demande dans les délais impartis.

Cette fois, le Dr Astral me reçoit dans un petit salon qui donne sur le jardin à l'arrière du bâtiment, où une demi-douzaine de moutons tondent placidement la pelouse. L'interne prend des notes sur un ordinateur portable. Pas de nouvelles nouvelles concernant ma mère. À défaut, on m'en donne des vieilles. À ce propos, je connais donc le Pr Losange ? Je n'ai jamais entendu ce nom. Le Dr Astral se renfrogne. Elle me jette un regard soupçonneux, comme si je l'avais prise en traître, or ce n'est certainement pas moi qui ai réclamé ce rendez-vous. Et M. Leskowa, est-ce que je connais M. Leskowa ? Là, oui, je vois très bien qui c'est. Antoine Leskowa est le neveu de Tamara, la grande amie de ma mère, avec qui elle a partagé une chambre à la Cité universitaire dans les années 1960. Tamara exerce la psychiatrie à Genève, Antoine dirige une salle de hip-hop à Paris, et je ne vois vraiment pas ce qu'ils viennent faire ici. Le Dr Astral distille des informations parcimonieuses pendant qu'elle réévalue la situation. Je finis par démêler le fil. Inquiète du sort fait à ma mère, Tamara s'est confiée à son neveu. Puis Antoine s'est rappelé que le père d'un ami avait longtemps exercé dans cet hôpital. Il a appelé cet ami, qui a appelé son père, qui a appelé le Pr Losange, un ancien chef de service très respecté. Si bien que, le matin même, ce dernier a téléphoné au Dr Astral pour s'enquérir de Mme Deck.

On m'a jeté un os, je ne vais pas le lâcher. Fortifiée par cet allié providentiel, je veux savoir ce qu'on va faire pour ma patiente, à la fin, parce que tous les jours je la retrouve pétrifiée sur son fauteuil, un filet de compote sur le menton, d'autre part la voisine reçoit beaucoup de visiteurs, ils se postent là où il y a de la place, c'est-à-dire face à ma mère, ils sont au spectacle de ma mère couverte de compote et c'est insupportable. On fait ce qu'on peut avec ce qu'on a, se désole pour la millième fois le Dr Astral. Sous-entendu : voyez l'état de l'hôpital. Sous-entendu : qui aurait le mauvais goût de tirer sur l'ambulance. Je connais la situation de l'hôpital. Mais, si on ne peut rien pour les patients, il vaut mieux les noyer. Malheureusement, on ne peut pas faire ça, déplore le Dr Astral, jamais à court de déploration. J'obtiens tout de même quelque chose. Grâce au Pr Losange, ma mère recevra la visite du Pr Rossignol, une neurologue attachée à un hôpital parisien. Le Dr Astral m'avertira de son passage afin que j'assiste à la consultation.

Une semaine plus tard, la médecin m'informe par e-mail que le Pr Rossignol a vu la patiente et l'a déclarée irrécupérable. Elle n'ajoute pas qu'elle me l'avait bien dit. C'est écrit entre toutes les lignes. Je m'étonne froidement : le Dr Astral s'était engagée à me prévenir de cette visite. Je réclame les coordonnées de la neurologue, elle refuse de me les donner. Le lendemain, je les trouve sur Internet et joins le Pr Rossignol sans difficulté. La spécialiste ignorait que je voulais participer à la consultation, propose de revenir dans huit jours. Je me confonds en remerciements.

Quand j'arrive au rendez-vous, le Dr Astral court à la recherche de ses internes. C'est vrai, j'ai négligé de lui dire que le Pr Rossignol revenait aujourd'hui. Astral et sa suite se rangent au garde-à-vous dans la 3B. La neurologue ignore les formalités, elle s'intéresse à la patiente. J'accroche le regard de ma mère et ne le lâche pas. Le Pr Rossignol l'interroge, lui demande d'accomplir tel ou tel geste. Elle s'exécute dans la limite de ses facultés amoindries. Parfois, elle ne comprend pas la consigne, fixe sa main valide, cherche le geste. D'autres fois, elle l'accomplit aisément. La spécialiste paraît satisfaite. Elle dit La dernière fois, on n'avait rien obtenu. Je comprends que la précédente visite s'est déroulée selon les modalités habituelles, Bonjour madame Deck, ça va madame Deck, au revoir madame Deck, et que la patiente s'est enfermée dans le puits où on l'a jetée. Le Dr Astral intervient. On a atteint un plateau, suggère-t-elle. Le Pr Rossignol la corrige aussi sec. Elle formule des recommandations, note abruptement qu'on n'a pas tenu compte des observations qu'elle a faites la semaine passée. La patiente n'est toujours pas chaussée, or il faut maintenir les pieds afin de stabiliser la posture. Il faut aussi la mettre debout, par étapes pour limiter la douleur. Enfin elle constate une infection liée au manque d'hygiène dentaire, on aurait pu s'en apercevoir plus tôt. On refera le point dans un mois, conclut-elle en me saluant. Astral et sa suite l'escortent jusqu'à la sortie. Je repars sur mon vélo vert.

La visite du Pr Rossignol est aussitôt suivie d'effets. Désormais, quand je viens voir ma mère, elle n'est jamais disponible. L'orthophoniste, la kiné, la psychomotricienne, l'ergothérapeute se succèdent auprès d'elle tous les jours. La patiente réalise des progrès immédiats. Elle apprend à se servir de sa main gauche pour se laver, s'habiller, se déplacer du lit au fauteuil. Très vite, elle peut se nourrir sans aide. Son dossier n'est plus aussi indésirable pour une bonne maison de retraite. Je relance le château dans le parc, les établissements conseillés par M. Bonhomme. C'est la fin du mois de juillet, tout le monde part en vacances. Je pousse le fauteuil de ma mère jusqu'à la pelouse à l'arrière du bâtiment. Elle observe le mouvement des nuages, s'intéresse aux fleurs, aux moutons. À son tour, le Dr Astral part en congé. Elle remet le dossier à son chef de service.

J'ignorais jusqu'ici l'existence de ce médecin. Pourtant le Dr Ficace existe énormément. En dépit ou par la grâce de son invisibilité, il opère avec rigueur et diligence. Deux semaines après la visite du Pr Rossignol, il m'écrit que la rééducation est terminée, la sortie d'hôpital peut intervenir dans les jours qui suivent. Je pense avoir mal lu. Je relis, j'ai bien lu. Pétrifiée devant l'écran, je me vois avec ma mère en fauteuil roulant sur le parking de l'hôpital, forcées d'accepter la première solution qui se présente, d'appeler à notre secours des escrocs en blouse blanche. Je nous imagine propulsées dans un film apocalyptique où une administration bananière prononcerait de beaux discours pendant qu'elle achèverait ses vieux dans des zones de non-droit. Ce n'est pas une hallucination, c'est une tactique.

16

En 1981 s'opèrent de grands changements. Le prince de Galles épouse Diana Spencer, et les amis français voudraient connaître le point de vue d'Ann sur le mariage royal. Elle n'en a aucun. Elle se fiche de ces gens qui pillent le peuple, n'ouvrent jamais un livre et s'habillent si mal. Les festivités autour de la victoire socialiste ne l'ont pas davantage émue. Depuis qu'il est entré en campagne, le personnage de Mitterrand lui inspire la plus grande méfiance. Les gouvernements travaillistes se sont succédé en Angleterre, ils ont beaucoup déçu. Mais François place de vifs espoirs dans le tournant électoral. Il vient d'obtenir un poste dans une école d'art. Pour lui, c'en est fini des boulots de veilleur de nuit ou de vendre le contenu de la bibliothèque afin de boucler le mois. En échange, il disparaît une semaine sur deux. Le voyage jusqu'à Grenoble dure six heures grâce à l'inauguration de la première ligne TGV, trois dans le train turbo et trois autres dans un tortillard. Un dimanche sur deux, Ann et Julia lui disent au revoir au pied de la pimpante locomotive à museau orange.

Elles se retrouvent seules pour la première fois. Au début, elles dorment ensemble dans le grand lit. Puis Ann dit qu'il ne faut plus : Julia risque d'en vouloir à

François quand il reprendra sa place légitime à la fin de la semaine. Elle répète aussitôt toutes les idées de psychologie qu'on lui souffle. Cette discipline ne lui est pas familière. Elle expose les détours de l'inconscient comme des objets sur la table, surtout ceux des autres. Elle met mal à l'aise.

Sa fille apprend à lire sans difficulté mais dit non à tout le reste. Julia refuse d'aller au centre aéré avec les petits malheureux que leurs parents abandonnent le mercredi. Elle aimerait faire du théâtre, jouer Cléopâtre alanguie sur des coussins brodés comme elle a vu à la journée portes ouvertes du centre de loisirs, mais elle refuse aussi de faire ce qu'elle aimerait. Quand Ann part à la Lemmings, elle doit braver les supplications pour ne pas arriver en retard. Le chef de bureau pointe chaque défaillance avec hauteur et profite de l'occasion pour lui dénier tout avantage, hausse de salaire ou aménagement d'emploi du temps. Julia finit par accepter de se rendre à l'activité terre, où les enfants font n'importe quoi avec de la glaise pendant deux heures le mercredi après-midi. La mère de François la récupère à la sortie. Madeleine et Julia s'entendent comme larronnes en foire. C'est à n'y rien comprendre. Catholique de droite, Madeleine a des principes arrêtés sur le fonctionnement de l'univers. Jamais elle n'offrirait à son fils les œuvres complètes de Thomas Hardy ni quoi que ce soit qui se rapporte de près ou de loin à la culture. Mais Madeleine a des arguments. Elle prodigue des rivières de paroles tendres, mitonne de pleines marmites de riz au lait et ne rationne pas les portions.

Ann continue de surveiller les assiettes. Au goûter, Julia a droit à quatre Pépito (elle pourrait aussi avoir une pomme mais les fruits, berk). Elle se confesse dans l'ascenseur. En attendant le retour de sa mère, elle a boulotté onze gâteaux. Une narratrice omnisciente préciserait qu'elle les a engloutis sans plaisir, presque contre sa volonté, avec la notion croissante de son impuissance à résister au jovial petit Mexicain à sombrero rouge. Onze ? répète Ann, comme si elle venait de heurter un obstacle martien. Julia baisse les yeux sur la moquette marron qui couvre le sol de l'ascenseur tout marron. Elle attend la pluie de reproches. Onze ? réitère Ann. Les mots lui manquent pour décrire sa stupéfaction. Elle se rappelle les oignons blancs et les branches de céleri du potager de Billingham. Elle se souvient qu'elle était maigre comme un râteau, entièrement tendue vers la vie au-dehors, les chevaux imaginaires dans les champs, la cabane à outils transformée en navire du capitaine Hornblower, tout l'inverse de cette petite fille dodue et butée qui dit non à tout. Elle ignore qui est cette personne d'un mètre vingt qu'elle a engendrée dans cet ascenseur marron.

Heureusement, elle a Mimi. Le père de François vient de mourir, Madeleine ne veut plus de cette chatte noir et blanc qu'elle avait prise pour faire plaisir à son vieux mari. Passée par plusieurs propriétaires négligents, plus ou moins maltraitée, Mimi se révèle agressive et farouche – tant il est vrai que les victimes ont la déplorable habitude de manifester un caractère fâcheux, bien moins souple et urbain que d'autres mieux lotis. Ann parvient à l'amadouer. Bientôt la chatte la suit partout, attend avec impatience son retour de la Lemmings et saute sur ses genoux dès qu'elle s'assied quelque part. Ann la chatouille sous le cou, entre les oreilles, pour leur plus grande satisfaction à toutes les deux. Julia observe ce spectacle avec mécontentement. Elle aime bien Mimi mais, quand sa mère a le dos tourné, elle la punit.

Du père de François, on a aussi hérité la Simca 1000. Elle remplace avantageusement la 4L pendant quelques mois et suit sa prédécesseure à la casse. On monte la banquette dans l'atelier : on a maintenant un canapé. Sur les coussins de feutre gris, Ann fait la couture en racontant des histoires. Julia écoute avec une attention inquiète celle du maire de Casterbridge, qui vend sa femme et sa fille à un marin ; de Miss Havisham, abandonnée par son fiancé le jour de la noce et morte trente ans plus tard sans avoir quitté sa robe de mariée ; de Caroline de Monaco, qui malgré son ascendance princière mérite toute notre compassion. Orpheline de mère, Caroline se marie très jeune à un intrigant, divorce et rencontre le grand amour, Stefano. Ils ont trois beaux enfants, mais Stefano mourra dans un accident nautique. Thomas Hardy aurait pu l'écrire (*Caroline d'Urberville*) ou Charles Dickens (*Caroline Copperfield*) ou Emily Brontë (*Les Hauts de Monte-Carle*). Julia se demande si l'amour vaut tellement le coup. Puis elle surprend Ann en larmes dans la cuisine. Jusqu'à ses huit ans, elle ignorait que les mères pouvaient pleurer.

Elles savent aussi se réjouir immodérément. Le président annonce à peine le tournant de la rigueur que la famille obtient un atelier-logement de la Ville de Paris. Le nouvel appartement a été aménagé dans un entrepôt désaffecté de la gare d'Austerlitz, une zone presque entièrement dévolue au fret ferroviaire. Il n'y a aucun commerce à proximité, sauf une supérette qui vend des produits de première nécessité à des prix faramineux. Au rez-de-chaussée, un grand atelier éclairé par un mur de verrière occupe à lui seul la surface de leur ancien logis. Au premier, ils découvrent une cuisine lumineuse, une salle à manger et un salon garnis de poutres apparentes, tendus de papier crème et de fine moquette grise (luxe incomparable de la moquette !). Le dernier étage abrite deux jolies chambres prolongées par des greniers en soupente. Ils arpentent les escaliers, ouvrent des portes, les ferment puis les rouvrent en se frottant les yeux. Ils n'en reviennent pas de ces espaces infinis mis à leur disposition contre un loyer modique.

Au début, leurs petits meubles ne suffisent pas à combler le vide. Une sœur de François donne un vieux divan. Mimi n'apprécie pas le changement, elle pisse dessus. Ann achète un canapé en toile écrue, des rideaux assortis, un tapis indien de laine rouge, une table en pin miel. Elle les pulvérise de spray à la moutarde pour empêcher la chatte de marquer son déplaisir sur ces biens chèrement acquis. Après quoi elle ne se lève plus. Une sciatique la paralyse pendant des mois. Des voisins emmènent Julia à l'école, François fait le marché dans la Peugeot 205, qui a remplacé la Simca, et Ann pleure sans arrêt. À sa fille, elle affirme que c'est la douleur, mais laquelle. Puis Ann et François s'enferment tout un après-midi dans la cuisine. Julia a beau coller l'oreille à la serrure, pas un son ne filtre à travers la porte close. Ils émergent en fin de journée, le visage gris. François dit qu'il faut lui dire. Soudain Ann crache la banale évidence d'un vaudeville – la femme, le mari, la maîtresse, matière invraisemblable d'un vulgaire mélodrame, d'un piètre téléfilm, pourtant ils n'ont même pas la télévision. Julia refuse de croire que ses parents si au-dessus de la mêlée, dans les sphères artistiques et intellectuelles qui les caractérisent, se prêtent à cette mise en scène pitoyable. Elle dit Ok, on arrête de jouer à *Dallas* (elle est au courant pour *Dallas* par la cour de récréation). François s'esclaffe, Ann bout de rage. Dès qu'il tourne le dos, elle reproche vertement sa remarque à Julia. Elle n'est pas une de ces bonnes femmes qui font tout le temps des histoires, fulmine-t-elle, comme si JR avait le beau rôle.

Jusqu'ici, Ann et François s'entendaient sur la base du malentendu, comme beaucoup de couples, inutile d'en faire un plat. Ils entrent dans l'ère des silences plombés, des mots tranchants, des lits à part. C'est tout le temps novembre. Dans le miroir, Ann se découvre des plis amers. Elle se plaint à sa fille de l'âge qui la rattrape. Quand François rentre de Grenoble, la température chute encore de dix degrés. On se parle comme si on risquait au moindre mot de se blesser sur la banquise. Julia devient dingue. Elle découpe un trou dans la bouillotte, qui inonde le lit d'Ann. Ses parents la contemplent avec stupeur. Dès lors se met en place un jeu d'alliances tournantes à deux contre un. En dépit des sphères intellectuelles et artistiques qui les caractérisent, personne n'a l'air de savoir que c'est un jeu où tout le monde est perdant. *Three is a bad number*, répète Ann à Julia qui, dans la cour de récréation, voudrait à toute force s'immiscer dans les couples de copines, Trois est un mauvais chiffre.

Des amis conseillent à Ann de divorcer. C'est comme s'ils lui suggéraient un voyage intergalactique. Dans son esprit, cette hypothèse n'atteint jamais le registre du plausible. Elle endurerait n'importe quoi pourvu que la famille reste unie, c'est-à-dire pieds et poings liés. Novembre s'enferre dans février quand elle reçoit un appel d'Angleterre. Betty est morte. Olivia est entrée chez elle parce qu'elle ne répondait pas au téléphone et l'a trouvée dans le coma. Le cœur de Betty s'est arrêté de battre quelques heures plus tard à l'hôpital. Elle a succombé à une interaction médicamenteuse. Son généraliste lui a prescrit deux produits qu'il ne faut jamais prendre ensemble, le pharmacien n'a pas fait attention. Mais Betty tentait le diable, aussi, avec tous ses tranquillisants pour s'endormir, ses amphétamines pour se réveiller. Elle n'a cessé d'attirer la catastrophe, accumulant les relations désastreuses avec des hommes impossibles – séducteur violent (premier mari), amour parfait mais condamné par la maladie (deuxième mari), psychiatre alcoolique (amant durable), schizophrène chevelu (dernier naufrage). Théâtrale jusqu'à la parodie, elle aurait brillé dans une pièce de Tennessee Williams. Mais elle n'avait pas rencontré l'Elia Kazan qui lui aurait permis de transcender son potentiel. Elle s'était contentée de metteurs en scène médiocres et piétinait au degré zéro de l'hystérie.

Olivia n'évoque jamais la disparition de sa fille aînée. Elle s'abîme dans la lecture et le spectacle de la télévision. Aux vacances, Julia suit avec elle ses programmes préférés, des feuilletons où il ne se passe rien dans des quartiers exclusivement peuplés de prolétaires. Avec Ann, elle prend un bus à étage rouge vif pour se rendre chez Kate ou Alice. Dans l'embrasure des disquaires, des punks à crête iroquoise, bracelets cloutés et blousons transpercés d'épingles à nourrice, sifflent des cannettes de bière en parlant fort. On commence à dire beaucoup de mal de la Première ministre. Le chômage monte en flèche, les ouvriers protestent, et Margaret Thatcher se repaît du conflit. L'immense complexe industriel qui faisait la fierté de la région dans les années 1930, où George et tous les oncles d'Ann ont travaillé jusqu'à la retraite, est vendu en pièces détachées à des groupes internationaux. Ils ne conservent que les activités les plus lucratives, livrent à la rouille les gigantesques structures métalliques qui parsèment la campagne. Les ouvriers n'ont rien connu d'autre qu'ICI, Billingham. Ils ne vont pas suivre des plans de reclassement pour se refaire dans des contrées moins hostiles. Et l'on sait ce qu'entraîne le chômage dans les classes laborieuses – l'alcool, la brutalité envers les femmes, qui la répercutent sur les enfants. Les soirs de match, on observe une recrudescence des violences conjugales, y compris chez les supporters de l'équipe victorieuse. Il faut bien trouver un exutoire à la joie.

Ann et Julia regardent des films sur le petit poste noir et blanc d'Olivia. Elles voient *L'Esclave libre*, de Raoul Walsh, où Yvonne de Carlo n'est pas la fille de celle qu'elle croit : sa vraie mère est une servante noire. Julia n'en revient pas. Cependant une femme noire peut très bien enfanter un bébé blanc, explique Ann. Mais ce que sa fille ne comprend pas, c'est le mensonge, que des années durant on puisse cacher la vérité en pleine lumière. Ann lui raconte alors la vie de Jack Nicholson. L'acteur a près de quarante ans lorsqu'un journaliste lui révèle que la femme qu'il a toujours prise pour sa mère est en réalité sa grand-mère : sa vraie mère est celle qu'il supposait être sa sœur. Ensuite elles voient *L'Héritière*, de William Wyler, l'histoire d'une jeune femme cruellement trahie par son amant. De ces exemples, Julia retient qu'il y a dans l'amour quelque chose d'effrayant, une pente irrésistible qui laisse prise à l'autre pour vous détruire. Elle préfère *Gloria*, de Cassavetes, où une femme sans homme tue tout le monde avec beaucoup d'énergie.

À la rentrée, Ann et François se rendent à l'évidence. Il s'installe à Grenoble et retrouve Julia un week-end sur deux chez Madeleine, où il y a du dessert en abondance et la télé à volonté. Dans l'ensemble, ça va beaucoup mieux. Ann ne pleure plus, reçoit des amis, se cherche un nouvel horizon professionnel. À la Lemmings, le petit chef se divertit en coups tordus. Comme elle se plaint de ces mauvais traitements à un ami, il lui présente un éditeur de littérature étrangère, qui lui confie des rapports de lecture. Elle doit lire des ouvrages en anglais et rédiger un avis pour la traduction. Cette nouvelle occupation lui plaît beaucoup, elle y consacre ses soirées. Le plus souvent, il s'agit de best-sellers commerciaux, rien à voir avec son goût personnel, mais les intrigues sont bien ficelées, le style alerte. Comme elle craint de laisser des fautes dans ses notes de lecture, elle les fait relire par Julia, qui les améliore à son idée.

Ann loue un appartement de vacances à Pornichet. Avec sa fille, elle passe la journée à lire sur la plage, à sauter dans les rouleaux. Les vacances s'étirent, doucement ennuyeuses, parfumées à l'iode et aux aiguilles de pin, jusqu'à ce que François débarque. Julia trouve ça louche. Elle trouve ça encore plus louche quand il propose de les emmener en Angleterre le mois suivant. François ne les accompagne jamais en Angleterre, or cette fois il en a le désir et Ann exulte – si elle s'autorisait, elle battrait des mains. On met la 205 dans le ferry. La voiture rend l'âme peu avant Londres. On s'en débarrasse auprès d'un garagiste et on prend le train jusque chez Olivia, où l'on s'entasse tant bien que mal dans les trois petites pièces. François se comporte comme dans un magasin de porcelaine pendant quelques jours puis rentre à Paris. Ann contemple l'univers avec ravissement. Julia parle mieux anglais, Olivia lui apprend le tricot et la pâtisserie, elles se promènent au bord de la rivière, rendent visite à Kate et Alice. Les jours de mauvais temps, Julia insiste pour jouer au Monopoly. Ann consent avec une béatifique indulgence : sa fille aime tant acheter des gares, bâtir des maisons. La pierre sera toujours plus solide que l'amour. La gamine collectionne les hôtels et les billets de banque lorsqu'elles sont interrompues par la sonnerie du téléphone. Ann se lève pour décrocher. Son regard s'oriente vers la fenêtre, les saules qui masquent la rivière, la courbe du grand viaduc qui disparaît dans les nuages. Quand elle revient à la table de jeu, ses épaules se sont écroulées. François est retourné à Grenoble. Julia ne dit pas qu'elle l'avait bien dit. Pourtant elle lit déjà dans l'avenir. La mauvaise vue d'Ann l'a dotée d'une vision surpuissante.

Au centre commercial de la place d'Italie, elles achètent des robes à motifs géométriques, des pantalons fuseaux, un pull fuchsia, un pull vert électrique, des bottines pointues. Aux poignets, Julia porte une trentaine de bracelets en caoutchouc noir, comme Madonna. Ann l'aide à traduire les paroles de ses chansons favorites. Très concentrées, elles enclenchent la cassette dans le magnétophone et relancent sans fin « Material Girl », « Gambler », « Into the Groove », ainsi que Cyndi Lauper et Annie Lennox, qu'elles ont vues l'été dernier dans « Top of the Pops ». Il y a souvent un peintre ou un poète qui dort sur le canapé. Ann aime avoir un homme à la maison. Julia, non. Un jour, l'un d'entre eux s'approche un peu trop près d'elle à son goût. Elle le rapporte aussitôt à sa mère, qui éconduit l'importun. Il ne remet jamais le pied chez elles. Julia retrouve à nouveau François un week-end sur deux chez Madeleine. Son père écoute distraitement les échos du foyer, soudain songe à revenir. À peine en a-t-il évoqué le désir qu'Ann redécolle au septième ciel. On n'apprend jamais rien de l'histoire, c'est désespérant.

Julia considère ce mauvais remake avec fureur. Ann sourit contre vents et marées, les crises de nerfs, les réclusions dans la chambre. Ça passera, temporise-t-elle avec la céleste équanimité qui la caractérise désormais. Julia monte d'un cran. Le sourire d'Ann se fige de plus en plus, mais il tient parce qu'elle a gagné, son mari est rentré à la maison, son mari qui ne dit pas grand-chose, on l'a rarement vu si discret. À l'été, tous les trois s'envolent pour la Grèce. Ils n'ont jamais fait un voyage pareil. D'Athènes, ils naviguent vers les Cyclades. Sous la coupole d'azur imperturbable, ils se baignent dans les criques, arpentent des placettes blanches comme du sucre glace, patrouillées par des chats faméliques. Le soir, Ann et François dînent dans les tavernes pendant que Julia reste à la pension recommandée par le Guide du routard avec *La Princesse de Clèves*. L'année passée, elle a lu *Madame Bovary*, *Le Rouge et le Noir*, *Les Hauts de Hurlevent*, *Reflets dans un œil d'or* et *L'Attrape-cœurs*, ces deux derniers en anglais. Elle n'a pas compris grand-chose à Carson McCullers, mais elle a persévéré avec une constance opiniâtre, et J. D. Salinger lui a paru plus facile.

Quand même, Ann voudrait qu'elle se fasse des amis. Elle s'épouvante que sa fille devienne comme elle au même âge, gaffeuse et godiche, et l'exhorte à ne pas fâcher les gens. À l'entendre, il faudrait se rallier à tous leurs avis, perpétuellement caresser dans le sens du poil. Elle-même applique cette méthode sans discernement. Elle acquiesce avant qu'on ait fini sa phrase. On la regarde de travers et, lorsqu'elle n'arrive pas à se tirer d'un mauvais pas, décoche une pique. À la fin de la troisième, Julia n'a toujours pas d'amis, mais, sur la bonne tenue de ses bulletins scolaires, elle est admise au lycée Henri-IV. Ann oublie aussitôt ses injonctions à la diplomatie pour afficher partout un air de triomphe – un air d'autant plus pénible qu'il fait semblant d'être modeste, de trouver normal que sa fille intègre l'élite de la nation française, comme l'annonce le jour de la rentrée des classes une proviseure obtuse et bornée.

Revient novembre et François s'en va. Il dit à Ann que ça ne fonctionne pas, inutile de s'obstiner, il passera chercher ses affaires la semaine suivante. À Julia, elle expliquera qu'elle n'a rien voulu voir : elle ne lui laissait pas d'autre solution que la fuite. Elle pleure une fois. Madeleine est venue déjeuner. Pour le dessert, Ann a préparé une tarte aux pommes. Elle sort la pâtisserie du four, la place au centre de la table. Madeleine la complimente sur le bel aspect du gâteau et Ann s'effondre, elle se cache le visage dans les mains, secouée de sanglots. Ils ne seront plus jamais trois.

17

Ma mère avec toute sa tête n'aurait sans doute pas voulu que François la voie dans son état d'aujourd'hui. Depuis l'accident, mon père insiste pour lui rendre visite. Je finis par demander si elle souhaite qu'il vienne. Bien sûr, répond-elle sur le ton de l'évidence. Par-delà les événements, l'enchaînement des causes et des conséquences qui ont irrémédiablement éloigné les personnes pourvues de tous leurs esprits, seule demeure la qualité de la relation, le pur espace affectif.

Le jour des quatre-vingt-cinq ans d'Ann, je vais à l'hôpital avec mon père. C'est la première fois que nous nous retrouvons seuls tous les trois depuis 1989. Je refuse d'accorder la moindre pensée à l'événement et me concentre sur le rendez-vous avec le Dr Ficace. François et moi avons rendez-vous avec le chef de service un peu plus tard dans l'après-midi. Nous emmenons Ann dans le jardin à l'arrière du bâtiment. Les moutons tondent la pelouse, la brise qui agite les grands arbres rend la chaleur supportable. Mon père parle peu. Ann l'observe avec intensité. Je lui tends une enveloppe et un paquet-cadeau. De sa main gauche, elle extrait la carte d'anniversaire, défait sans mal le nœud du paquet et déplie soigneusement le papier d'emballage en le maintenant contre son genou.

Il contient une robe jaune à fleurs blanches, légère, pratique à enfiler, parfaite pour la canicule. Son visage s'éclaire. Elle dit C'est délicieux.

Amène, souriant, le Dr Ficace n'a pas besoin de consulter l'ordinateur pour se remémorer le dossier. Sur le ton de la ferme compétence, il délivre un monologue médical parfaitement incompréhensible puis laisse planer le silence, le temps pour nous d'admirer l'artiste. Je suis un peu ébranlée par cet accueil. Est-ce bien lui qui voulait mettre la patiente à la porte quelques jours plus tôt ? Prudemment, je souligne les progrès accomplis depuis la visite du Pr Rossignol, les bienfaits de la rééducation, les nombreux aspects qui se sont améliorés. Le chef de service opine gravement. Je dis qu'il faut continuer, de mon côté je fais tout mon possible pour trouver une bonne maison de retraite au plus vite. Mais le dossier médical donne de ma mère une terrible image, celle d'un corps dépourvu de conscience, qu'il faut assister dans le moindre effort de la vie. Le Dr Ficace accepte d'y jeter un œil. L'entretien touche à sa fin, il ne s'est jamais départi de la tonalité urbaine instillée par le chef de service, qui n'a pas dédaigné, quand le sujet le permettait, d'alléger la conversation avec une digression badine. François se détend. Je suis abasourdie par ce tour de passe-passe. Le Dr Ficace n'a pas dit un mot de la sortie. Il a joué à la perfection le rôle du médecin au chevet de ses patients. Est-ce vraiment l'homme qui m'a écrit l'autre jour, je commence à douter et je devine ce que pense mon père, J'AI ENCORE EXAGÉRÉ.

J'ai une tendance à l'exagération, c'est un fait, à prendre des souris pour des éléphants. C'est le corollaire de l'extra-lucidité. Je vois ce que les autres ne voient pas, et je le vois plus gros qu'il n'est. Au PMU du carrefour, François et moi buvons des panachés dans la fumée des bus. Le Dr Ficace l'a épaté. Assurément, ma mère se trouve entre de bonnes mains. Je me justifie. Le Dr Astral, à qui j'ai eu affaire jusqu'ici, n'était pas du tout dans le même style. Nous déplorons les insuffisances des bas échelons. Avec le chef, au moins, on peut discuter. Je rentre vaincue par K.-O. sur mon vélo vert. J'ai l'impression d'être un punching-ball – frappe, relâche, frappe, relâche. Ce n'est pas une impression.

Deux heures plus tard, le Dr Ficace me renvoie le dossier médical à jour. La patiente a réalisé des progrès si spectaculaires, on se demande s'il s'agit de la même personne. Je transmets le document au château dans le parc, qui me propose un rendez-vous après le 15 août. C'est une avancée considérable. Reste à passer l'entretien, transporter ma mère en ambulance et nous montrer sous notre meilleur jour pendant une demi-heure. J'écris au Dr Ficace pour l'informer de cette bonne nouvelle. Rien, me répond-il, ne justifie de prolonger le séjour dans son service jusqu'à cette date. Je n'en crois pas mes yeux. C'est bien le même homme qui charme de face et matraque par écrit.

Mon père et moi allons au château pour essayer de rencontrer le directeur. Le décor ressemble à s'y méprendre à celui de mon dernier roman, *Monument national*, qui se déroule dans une réplique du Petit Trianon. Et l'on refuserait de croire que je lis l'avenir. De la courtoisie légèrement formelle qui prévaut à l'accueil, nous comprenons qu'il faut faire valoir nos arguments sans nous rendre importuns. François et moi plaidons sobrement notre cause et reprenons le train de banlieue. Puis nous visitons un établissement de la mairie de Paris. J'ai déjà prospecté plusieurs institutions de ce type. Dans la première, les constructions vétustes étaient envahies par les rats. La deuxième m'a fait la meilleure impression, mais la directrice a refusé le dossier. Ici, des passerelles vitrées traversent un bâtiment de brique fraîchement rénové, dévoilant des terrasses en caillebotis, des perspectives arborées où les résidents prennent gentiment le frais. De hautes fenêtres répandent une lumière flatteuse sur une salle à manger flambant neuve. N'était l'allure légèrement dépenaillée du public, on se croirait dans un centre d'art contemporain. La Ville de Paris a compris que le service public n'égalait pas forcément le moche. Je suis prête à voter éternellement pour le Parti socialiste.

Pour déposer le dossier, c'est un peu plus délicat. Il faut remettre au service compétent des tas de trucs téléchargés sur des plateformes. Je classe les documents avec soin, me présente aux bureau et horaires indiqués. Une employée me reçoit sur-le-champ, nonobstant la première quinzaine d'août. Je suis subjuguée par le Parti socialiste. Elle ouvre l'enveloppe, fronce le sourcil, dit Ce n'est pas le bon formulaire. L'état latent que je contiens depuis des mois remonte à la surface. Je m'effondre sur le comptoir. L'employée est embêtée : ce n'est pas la réaction souhaitée par le Parti socialiste. Elle interroge sa collègue, conciliabules, chuchotements, dit C'est bon, ça va aller. Je repars sur mon vélo en reniflant.

Dans le jardin de l'hôpital, ma mère et moi entretenons une conversation aérienne, constellée de molécules. Des questions lui viennent. Elle demande après Olivia. J'emprunte de longs détours pour lui rappeler que sa mère nous a quittées il y a longtemps. Le choc est violent, à la fois d'apprendre sa mort et de l'avoir oubliée. Puis elle s'inquiète d'Alice. *You must call her, she's all alone now*, me presse-t-elle, très inquiète, Tu dois l'appeler, elle est toute seule maintenant. Alice a perdu son compagnon pendant le premier confinement. Ma mère lui a rendu visite dès que les déplacements vers le Royaume-Uni ont été de nouveau autorisés. Maintenant elle pleure. Je ne l'ai pas vue pleurer depuis l'accident. Son visage s'étire démesurément du côté mobile, produisant une distorsion monstrueuse du menton, un rictus grotesque. Je l'observe sans réagir. Je l'ai quand même mauvaise. Lorsqu'elle arrête ses grimaces, je lui fais remarquer qu'Alice a une fille, deux petites-filles, une sœur, une nièce, toutes vivent près d'elle. Si quelqu'un se retrouve seule, de mon point de vue, c'est plutôt moi. Elle lève les yeux au ciel : décidément, je ne comprendrai jamais rien à rien.

Dans le couloir du service, j'ai tout le temps le ventre noué. Le Dr Ficace m'écrit régulièrement pour savoir quand nous allons décamper, sur un ton de plus en plus vif, avec de plus en plus de monde en copie. Je demande à toutes les personnes que je rencontre s'il a le droit de nous jeter dehors. Une directrice d'Ehpad pense que non. Une autre rapporte le cas d'un invalide mis à la porte par une clinique privée. Je compte les jours en priant pour qu'on nous oublie. Au 15 août, je rejoins Michaël et ses enfants pour quelques jours en Haute-Vienne. Je suis un bloc de dépression. Je ne prends plaisir à rien, ni aux retrouvailles, ni aux baignades dans la rivière, ni au festival où je participe à un débat avec deux écrivains amis. Je n'arrive pas à attraper le bout d'une phrase, encore moins d'une idée, et rentre plus accablée que je ne suis venue. Je vais voir ma mère. Je rappelle les maisons de retraite. Le château me fixe rendez-vous à la fin du mois de septembre. Il est hors de question que la patiente reste aussi longtemps à l'hôpital, tempête par e-mail le Dr Ficace. Si je n'agis pas rapidement, il avertira la direction. J'essaie d'avancer la date. J'appelle. J'écris. En désespoir de cause, je téléphone à l'assistant social. M. Bonhomme est en vacances, mais une secrétaire répond à sa place. Elle écoute tranquillement mon problème et, grâce à elle, je découvre enfin le pot au roses. Le Dr Ficace est obligé d'écrire ce qu'il m'écrit, explique la secrétaire. Il fait son travail. Mon travail à moi consiste à régler les affaires de ma mère sans en tenir compte. Je ne dois pas prendre à la lettre ses propos comminatoires lorsqu'il exige de savoir quand nous allons déguerpir. Je dois laisser l'opprobre glisser sur nous comme l'eau sur les plumes d'un canard, me faire entrer dans le crâne une fois pour toutes que les mots n'ont pas de sens.

L'hôpital a réalisé des progrès spectaculaires dans des domaines qui valorisent la technologie de pointe, la performance. La gériatrie n'est le lieu d'aucun triomphe. Dans cette spécialité, il y a peu d'espoir de guérison, beaucoup de pathologies chroniques, et rien qui aille vite. On se borne donc à faire tourner les lits. Ici, le rôle du chef de service consiste à fluidifier le stock – la blessure et la maladie abolies par les éléments de langage. Nul besoin d'être extralucide pour voir que ça ne marche pas. À aucun niveau de réalité, cela ne fonctionne. Au contraire, chaque fois qu'on a traité des groupes d'êtres humains comme des marchandises, ça s'est très mal fini. Les vieux médecins ne mangent pas de ce pain-là. La neurologue venue examiner ma mère à deux reprises ne paraissait pas trouver moderne, utile, profitable, de ne pas soigner les patients au bénéfice de la gestion des flux. Elle restait inaccessible aux hallucinations provoquées par les éléments de langage. Comme les plumes des parures amazoniennes, les éléments de langage revêtent ceux qui les possèdent du masque de la compétence et de l'autorité. Ils gouvernent par la feinte et la fascination, mais on aperçoit bientôt que la sécheresse continue de régner sur la terre.

18

Depuis qu'Ann a renoncé au doctorat, elle n'a plus rêvé de franchir les portes de l'université. A-t-elle vraiment rêvé d'y enseigner avant d'abandonner la thèse. S'est-elle découragée parce qu'elle n'a pas réussi cet effort d'imagination, se figurer sur la plus haute marche. L'aurait-elle gravie si elle avait osé s'y représenter. De quoi sont faits ses désirs, en a-t-elle réellement ou simplement le désir de désirs, des envies nébuleuses qui jamais ne prennent forme par crainte des ténèbres qu'il faut traverser pour leur donner corps. Elle aurait pu reprendre des études, obtenir un diplôme français, un vrai poste. Cela ne lui aurait pas coûté plus de fatigues que d'additionner son emploi à la Lemmings, les lectures pour la maison d'édition, et maintenant les travaux dirigés dans une université située en lointaine banlieue que lui confie une amie. Le petit chef refuse tout aménagement d'horaires. Elle n'a jamais été matinale, désormais elle se lève à l'aube pour enseigner trois heures à la fac, déjeuner d'un sandwich dans le train et enchaîner à la Lemmings. Après le départ de François, elle est de nouveau terrifiée à l'idée de manquer d'argent. Elle est terrifiée à l'idée d'être jetée à la porte de l'atelier-logement octroyé grâce à l'activité professionnelle de son mari.

Julia a l'interdiction de dire qu'il ne vit plus avec elles. Si quelqu'un le demande au téléphone, il faut répondre qu'il est en voyage.

François voudrait trouver un arrangement, entretenir de bonnes relations. On lui oppose une fin de non-recevoir. Il n'est pas question de rejouer le mauvais téléfilm qui se répète depuis des années. La disparition du père est regrettable mais dans l'ordre des choses. Celui d'Ann existait à peine. Celui de Kate et Alice a disparu du paysage, elles ne s'en sont pas trop mal sorties. Soudain Julia décide qu'elles ne doivent plus se parler qu'en anglais. Elles renoncent à la langue qu'elles pratiquent ensemble depuis toujours. Le face-à-face se resserre dans l'exclusion du français, du François. Deux est un mauvais chiffre.

Autour d'elles, on parle de plus en plus d'ordinateurs. Ann a toujours aimé être à la page. Elle achète cinq mille francs – le montant de son salaire mensuel – un Amstrad PC. L'engin se présente dans deux énormes cartons, l'un pour le moniteur, l'autre pour le processeur. Julia opère les branchements. Il faut insérer une disquette, attendre que la machine bourdonne, en insérer une seconde puis retirer la première. Sur l'écran noir apparaissent des signes cabalistiques en police Courier. C'est le signal pour entrer le code qui permet d'accéder au traitement de texte. Ce gros appareil améliore à peine la machine à écrire sur laquelle Ann tapait ses rapports de lecture jusque-là. Elle en est enchantée. Grâce à l'ordinateur, elle peut accepter un quatrième travail : un éditeur a proposé la traduction d'un récit de voyage en anglais. Elle s'y attelle les week-ends. De l'autre côté du palier, Julia fait ses devoirs ou plus sûrement bouquine. Au lycée, ses notes tombent en flèche, mais par inadvertance elle s'est fait une amie, avec qui elle sèche les cours de sciences pour aller au cinéma dans le quartier Latin. C'est toléré du moment qu'elles obtiennent mention très bien au bac.

La télé a fait son entrée dans le salon. Julia enregistre sur VHS les films de Fritz Lang, Josef von Sternberg, Orson Welles, Elia Kazan, John Huston, Arthur Penn, qui passent au « Ciné-Club » d'Antenne 2. Elle est folle de Marlon Brando dans *Un tramway nommé Désir*. Ann n'aime pas ce film. Elle préfère l'acteur dans *Sur les quais*, du même réalisateur, une œuvre plus politique. Le vendredi soir est consacré à l'émission de Bernard Pivot. Au petit déjeuner, elles commentent les prestations des auteurs invités (elles ne lisent jamais leurs livres). Julia se plaint de son nom, qu'elle juge biscornu. Julia Deck n'a pas la gracieuse évidence de, mettons, Marlene Dietrich ou Faye Dunaway. *On the contrary*, soutient Ann, *it's a very good name*, Au contraire, c'est un très bon nom. Si sa fille décidait, je ne sais pas, moi, d'écrire un roman, il produirait le meilleur effet sur la couverture. Et, au cas où il lui en prendrait l'idée, elle lui offre un beau bloc de papier Clairefontaine. Julia contemple avec effarement ce cadeau inopiné, survenu hors de tout Noël ou anniversaire. Elle le remise précieusement pour le jour où il lui viendra une phrase à la hauteur.

Ann et Julia dînent avec Mimi. La chatte a sa chaise à table. Elle surveille le passage des plats. Quand ils lui semblent intéressants, elle pose une patte sur la nappe et se fait aussitôt rabrouer. Mimi comprend tout ce qu'on lui dit. On les verrait, on dirait trois vieilles zinzins. Personne ne les voit, personne ne leur rend visite à part Madeleine, qui déjeune chez elles le dimanche. Les amis du couple se sont vite révélés ceux de François. Ils prennent une fois des nouvelles puis n'appellent plus.

En Angleterre, Olivia ne sort pas de son appartement. Les services municipaux lui livrent ses *meals on wheels*, ou repas sur roulettes, Kate et Alice lui apportent des courses le samedi. Sa vue baisse, la lecture la fatigue, et le médecin l'a persuadée de réduire sa consommation de Benson & Hedges à deux par jour. Privée de ses plus grandes sources de joie, elle se rabat sur la télévision et les *fairy cakes*, petites génoises fondantes enrobées de sucre glace, pas très bonnes pour le cœur elles non plus. Dans un tiroir, Ann retrouve ses journaux d'adolescente. Elle les montre à Julia, qui s'enchante de découvrir sa mère à son âge. Les plaisirs de la jeune Ann s'ajustent parfaitement aux goûts de son temps. À la fois studieuse et frivole, fervente lectrice et passionnée de mode, elle s'enthousiasme pour tout ce qui fait chatoyer l'existence. Puis Julia découvre avec horreur que sa mère à quinze ans, grâce à Vincenzo Verdino embrassé sur la plage de Capri, a déjà plus d'expérience qu'elle avec les hommes. *I was so naïve*, réplique Ann avec de la fureur dans la voix, J'étais si naïve.

Julia pose beaucoup de questions sur le père de ses cousines. Moins on l'évoque, plus elle voudrait en savoir sur Jack Johnson. Ann hausse les épaules. Sa disparition était la meilleure chose qui puisse arriver, balaie-t-elle. Or Julia estime que l'absence d'un père mérite plus ample explication. Elle finit par demander s'il était beau. Il ressemblait à Marlon Brando dans *Un tramway nommé Désir*, rétorque sèchement Ann pour clore le sujet. Julia retourne cette réponse dans tous les sens. À ses yeux, aucun homme n'égale Marlon Brando dans ce film. Elle a seize ans, elle est si naïve.

En dehors des vacances, Ann n'a aucun loisir et n'en cherche pas. Elle passe d'un emploi à l'autre sans souffler. Puis le petit chef de la Lemmings est muté, remplacé par une jeune femme qui lui accorde sa première augmentation et lui permet de réorganiser ses horaires. La pression s'allège, elle retrouve le plaisir d'enseigner. Elle vit cependant l'échec le plus cuisant, celui d'être sans homme : elle a la hantise de devenir une quinquagénaire au rebut, comme ces femmes qu'elle croise au travail et qui lui font horreur pour leur simple condition de célibataire. La légitimité s'acquiert par la capacité à s'attacher un mâle, et pas n'importe lequel, un beau, un grand, un qui en impose – un artiste, en somme. Ann se plaint que les rencontres soient si difficiles, elle accuse l'âge et elle accuse Julia. Par manière de plaisanterie, elle répète que, si d'aventure elle rencontrait quelqu'un, sa fille le chasserait.

L'été avant la terminale, Julia ne l'accompagne pas chez Olivia. Dans les Corbières, les amis ont retapé la ruine où elle a été conçue, devenue une spacieuse et belle baraque qui accueille tout le monde. Elle s'est taillé une place auprès de Dominique et François, qui ont l'âge de ses parents, pas d'enfant l'un avec l'autre, et lui le prénom de son père. On passe la journée à la plage, on grille des sardines, on boit du vin jusqu'à pas d'heure sous les étoiles. Julia observe le spectacle des adultes sans y prendre part. Elle se tient sur le bord de l'enfance, pas assez vécue pour vouloir la quitter. Début septembre, elle retrouve Ann à Paris. Sa mère rentre à peine d'Angleterre quand elle reçoit un appel de Kate : Olivia a fait un malaise peu après son départ, le médecin l'a envoyée à l'hôpital, on va tenter de lui poser un pacemaker. Ann se ronge les sangs toute la nuit. Au matin, Kate rappelle. Le cœur d'Olivia n'a pas tenu. Sa mère lui avait pourtant dit qu'elle se sentait bizarre au moment des adieux. Ann avait attribué cette faiblesse à la séparation – elles ne se reverraient pas avant Noël. Elle l'a quittée pendant que débutait la crise cardiaque. Dans cette famille, les filles tuent leurs mères, quand ce ne sont pas les médecins.

Ann et Julia s'enfoncent dans quelque chose de sourd et de long. Un peu plus tard dans l'automne, Mimi ne quitte plus son fauteuil. Elles l'appellent pour dîner. La chatte refuse de monter sur sa chaise à table. Elles la surveillent du coin de l'œil lorsqu'elle émet un son rauque, entre l'étouffement et le râle. Un masque recouvre sa figure : elle est morte. Mimi a partagé onze ans de leurs vies très peu partageuses, c'est une grande perte. Pour cette raison ou pour d'autres ou pour tout emmêlé, souvent Julia ne veut pas aller en cours. Ann lui écrit des mots d'excuse. Elle aussi manquait fréquemment la classe. Dans sa chambre, Julia lit *Les Frères Karamazov*, *Crime et Châtiment*, *Anna Karénine*, et en anglais Henry Fielding, Jane Austen, Oscar Wilde. Au mois de juin, elle obtient le bac avec la mention bien, un échec certain pour une élève du lycée Henri-IV. Elle n'a pas vu François depuis bientôt trois ans.

Comme Ann avait travaillé chez ICI pour contribuer aux frais de son éducation, elle sollicite pour sa fille un job d'été à la Lemmings. Les bureaux offrent une vue panoramique sur le cimetière. Julia est affectée à l'encaissement des chèques : elle doit entrer dans l'ordinateur le nom du débiteur, du créditeur, le montant et la localisation du compte. Zurich, c'est en Espagne ? interroge une employée dans le silence de l'open space. Sa collègue acquiesce avec un hochement évasif. Julia n’ose pas les détromper. Jusqu’ici, tous les adultes qu’elle a rencontrés en savaient plus long qu’elle. À midi, les deux Zurichoises espagnoles l’emmènent au restaurant d’entreprise, où elles l’ignorent ostensiblement pour s’absorber dans une conversation morose. Elle n’a jamais connu pareille déréliction, toute hypothèse d’avenir anéantie en une matinée à la Lemmings. Le soir, elle dit qu’elle n’y retournera pas. Ann tente de la persuader, elle affirme qu’on s’habitue. Mais sa fille ne veut rien entendre. Julia n’a pas grandi à Billingham. Le lycée Henri-IV ne l’a pas entraînée à faire le dos rond.

Une perspective heureuse se dessine enfin. Au mois d’août, Ann s’envole pour New York. C’est la première fois qu’elle traverse l’Atlantique. Elle est invitée par une connaissance qu’elle a hébergée à Paris l’été précédent. Beryl la reçoit dans son appartement de l’Upper East Side, le quartier le plus chic de Manhattan. Ensemble, elles se promènent dans Central Park, visitent le Metropolitan Museum of Art, fréquentent les salles de jazz de Greenwich Village. L’Américaine s’intéresse peu à la peinture ou à la musique, elle s’intéresse aux hommes qui s’y intéressent. Ann s’émerveille de son savoir-faire de don juane – au début des années 1990, on dit plutôt nymphomane. À la table où Beryl régale ses conquêtes, elle embrasse naturellement le rôle de faire-valoir. Elle admire l’aplomb de leur hôtesse, qui se prétend écrivain au motif qu’elle a démarré une nouvelle. Les New-Yorkais n’ont pas peur de s’inventer des vies. À vrai dire, ici personne ne fait la différence entre la réalité et la fiction. Ann rentre des États-Unis revigorée. Elle a un peu pardonné pour la Lemmings.

Julia a flotté tout l’été dans les Corbières. Elle

entre en classe préparatoire aux grandes écoles commerciales. Les profs du lycée répétaient à l'envi que les élèves ni spécialement littéraires ni spécialement scientifiques – la littérature et la science en quelque sorte gravées dans l'ADN – devaient emprunter cette voie, qui ouvrait toutes les portes (les conneries qu'ils disaient). Julia se croyait littéraire, une prof de français lui a affirmé que non. Elle débarque en prépa sans avoir saisi de quoi il retourne. Au bout de deux jours, elle a compris et file s'inscrire en lettres à la Sorbonne. Depuis des mois, elle n'a rien foutu à part échouer et abandonner. L'embarras d'Ann se change en fureur sourde. *I'm not going to carry a dead weight*, siffle-t-elle, Je ne vais pas trimballer un poids mort. Julia traverse la première année de fac sans parler à personne. Aux examens de juin, elle obtient d'excellentes notes dans toutes les matières. Un prof la cite en exemple, un autre lui écrit des encouragements. L'orgueil d'Ann se regonfle. En Angleterre, Sorbonne sonne comme Oxford. Julia ne fait pas trop d'efforts pour dissiper le malentendu.

Ann appelle Tamara, son amie de la Cité universitaire. Elle a fermé la porte de sa chambre, mais Julia l'entend du palier inférieur. Parfois je souffre terriblement, murmure-t-elle dans le téléphone. Elle n'a jamais employé un mot pareil devant sa fille, souffrance. Pourtant elles se disent tout ou presque. Mais tout est dans le presque. Des amis lui suggèrent de passer une annonce. C'est moderne, tout le monde le fait. Elle choisit un journal distribué dans les librairies, les cafés à la mode, et reçoit beaucoup de courrier en retour. Le premier individu qu'elle rencontre cache mal sa déception. Elle ignore ce qu'elle a pensé de lui, obnubilée par le dépit dans le regard de l'homme. Le second rendez-vous se déroule mieux. Ils se revoient, puis elle coupe court lorsqu'elle comprend que le monsieur ne s'intéresse « qu'à une chose ». Julia s'étonne qu'on puisse ne s'intéresser qu'à une chose avec sa mère, qui lui paraît avoir l'âge de Mathusalem. Elle se garde bien de formuler cette opinion. L'âge est un sujet sensible. Il ne faut divulguer celui d'Ann à personne, au contraire lui redire qu'elle ne le paraît pas, émettre des avis flatteurs sur tout ce qui concerne l'apparence, quand elle s'est rendue chez le coiffeur positivement commenter le résultat, prodiguer des louanges sur tous les habits rapportés du centre commercial. Le manquement à ce rituel entraîne une grande contrariété. Toute remarque un peu mitigée est la source d'ennuis certains. Julia conserve ses propos négatifs pour son reflet dans le miroir. Elle passe beaucoup de temps à scruter ses défauts. *What a pity that youth is wasted on the young*, rabâche Ann en citant George Bernard Shaw, Quel dommage que la jeunesse soit gaspillée par les jeunes. Alternativement, elle dit *You don't know how lucky you are*, Tu ne connais pas ta chance. C'est l'ordinaire des mères et des filles enchaînées par un cordon d'acier.

Julia a vingt ans. Elle attend que quelqu'un la délivre du charme qui la retient prisonnière de l'atelier-logement. À la fac, elle observe les couples se faire et se défaire. Elle n'a pas vu François depuis cinq ans. Dans un sursaut de sens commun, elle reprend contact. Au début, ils sont mal à l'aise tous les deux, puis ils prennent un rythme. Chaque fois que son père vient à Paris, ils visitent une exposition et déjeunent dans un bon restaurant. Julia obtient sa licence avec des mentions dans toutes les unités de valeur. Pour rédiger son futur mémoire de maîtrise, Ann lui offre un PowerBook d'Apple MacIntosh, une folie.

Elles partagent un dernier Noël chez Alice. Depuis la mort d'Olivia, elles passent les fêtes dans sa jolie maison en brique à bow-window devant, jardinet derrière. Alice mène une plutôt bonne vie avec son compagnon et leur fille adolescente. Leur agence graphique fonctionne bien, ils ont plusieurs employés, des contrats solides avec des entreprises locales. D'autre part, un événement s'est produit : Jack Johnson a refait surface. Le père de Kate et Alice n'a jamais quitté la région, il s'est fondu dans le paysage pendant trente ans. Devenu un vieux bonhomme inoffensif, il émerge peu après la mort d'Olivia. Ses filles lui rendent visite avec un intérêt souriant et bénin. Ann absorbe ces informations, l'expression fermée. Elle ne revoit jamais son ancien beau-frère.

Par hasard, elle découvre Ruth Rendell, ou plutôt Barbara Vine. La romancière a publié ses livres les plus psychologiques sous ce nom d'emprunt. L'un d'entre eux lui fait forte impression. Ann incite vivement sa fille à lire *A Dark-Adapted Eye*, un œil adapté à la pénombre, sans lui dire de quoi il s'agit. Julia manipule la couverture du roman criminel avec indulgence. Elle entame sa cinquième année de littérature à la Sorbonne. Oui, elle lira *L'Œil adapté à la pénombre* un de ces jours, quand elle aura le temps. Elle se fatigue un peu de sa mère. Soudain, Ann critique beaucoup les Français, leur administration pléthorique, leur manque d'humour. Elle en perd le sien. Quand on lui demande si elle compte retourner vivre en Angleterre, elle s'offusque. Certainement pas : son pays, c'est la France. Elle fait du sur-place depuis trop longtemps.

À l'âge de Julia, Ann menait sa vie loin, le plus loin possible de sa ville natale. Elle avait étudié à Manchester, Montpellier, enseigné à Beauvais, s'apprêtait à poursuivre une thèse à Paris. Mue par un effort surhumain, sa fille déménage du XIIIe au XIIe arrondissement. Quand elle emporte ses cartons, les yeux d'Ann sont humides. Julia n'en revient pas. Depuis des années, sa mère la houspille pour qu'elle prenne son envol, et voici qu'elle s'émeut de son départ. Elles se dévisagent une seconde sur le palier entre leurs chambres, puis Julia s'en va. C'est la fin de la vie commune.

19

Fin août début septembre, les gens rentrent en se plaignant mais ce sont des plaintes de façade, qui appellent les questions pour se changer en récit de vacances triomphales, des plaintes obscurément satisfaites parce que, somme toute, on a fait le tour du triomphe, on n'est pas fâché de rentrer chez soi. J'ai eu des emplois, des collègues. La vie de bureau, je connais. Fin août début septembre, pour la première fois, rien ne se passe. C'est la continuation d'une période sans relief ni variation de climat, un printemps diabolique de perfection interrompue. À heure fixe, je me réveille. À heure fixe, j'allume l'ordinateur. À heure fixe, je monte sur mon vélo vert. Le temps s'engloutit dans l'attente. Il faut tenir et c'est tout. Obtenir que ma mère bénéficie d'une rééducation, l'empêcher de s'enfoncer dans la dépression, s'assurer qu'elle reste présentable en vue de l'entretien au château, convaincre ce château de l'accueillir. Griller la liste d'attente. Persuader l'hôpital de garder la patiente jusque-là. Remplir ma mission en conjuguant savoir-faire et savoir-être. Justifier de mes actes auprès de la hiérarchie. Cocher les cases des objectifs atteints. C'est comme travailler en entreprise. C'est comme travailler à l'hôpital.

On m'a raconté qu'en Inde, l'hôpital ne fournissait pas la pitance, seulement les soins. Ma mère continue d'être nourrie par l'hôpital, une purée de la même couleur avariée que les murs, qui sent très mauvais. Les médecins ont peur qu'elle s'étouffe avec des aliments solides. Elle a perdu six kilos, elle était déjà frêle. Un dépôt s'est formé sur ses gencives. Je l'ai signalé au Dr Ficace et n'ose revenir à la charge, j'ai trop peur qu'il nous chasse comme des intouchables. Maintenant, elle a des trucs bizarres dans les cheveux. Depuis avril, elle n'a pas reçu un seul vrai shampoing, seulement des produits secs pour préserver une apparence de propreté. Son cuir chevelu tombe en miettes. J'apporte un coupe-vent, le lui enfile autour du bras paralysé et pousse son fauteuil jusqu'à la douche. Elle proteste. La douche mouille son pyjama malgré le coupe-vent, elle gémit pour que ça s'arrête. J'explique, fais le plus vite possible. J'aurais pu demander de l'aide. J'ai trop honte d'être encore ici, trop honte de la saleté de ma mère, de solliciter une énième faveur auprès d'une aide-soignante.

Fin août début septembre, le Dr Ficace invente un nouveau jeu pour m'occuper. Le chef de service me somme par écrit de trouver un hébergement temporaire en attendant la place en maison de retraite. Je consulte l'assistant social. M. Bonhomme adopte une posture philosophe et me conseille une fois de plus d'être moins littérale. Une solution temporaire ne va pas dans l'intérêt de la patiente. Il lui faudrait s'habituer à une nouvelle équipe de soignants pour une période très courte. D'autre part, les établissements médicalisés n'aiment pas ce genre de prestations, peu rémunératrices. Enfin, ce serait me tirer une balle dans le pied. Ma mère logée quelque part, sa situation apparaîtrait moins urgente, et le château aurait toutes les raisons de temporiser. Faites semblant de chercher, suggère M. Bonhomme, et arrangez-vous pour ne pas trouver. J'apprends ma leçon. Des établissements complaisants m'adressent des lettres de refus. Je les dégaine à la prochaine sommation. Une dizaine de personnes figurent maintenant en copie de mes échanges avec le Dr Ficace, dont la direction de l'hôpital. À l'école primaire, la menace suprême consistait déjà à avertir le dirlo. Je la prenais très au sérieux, me figurant des châtiments si terribles que même les mots se refusaient à les prononcer. À quarante-huit ans, j'apprends enfin que la menace, c'est du vent.

Cependant ma mère et moi ne faisons pas que prendre du bon temps aux frais du contribuable. Nous réalisons aussi des progrès qui justifient notre séjour. Un après-midi, l'ergothérapeute m'annonce que la patiente peut manier elle-même son fauteuil roulant. Conçu pour une personne atteinte d'hémiplégie droite, ce siège est équipé sur la roue gauche de deux arceaux, l'un pour aller à droite, l'autre à gauche, en avant ou en arrière selon le sens de la poussée. Il suppose d'associer le mouvement dans quatre directions pour avancer ou reculer tout en évitant les obstacles – pieds de lits, potences, tables roulantes. L'ergothérapeute affirme que ma mère est désormais capable de remonter toute la longueur du couloir. Je n'en crois pas un mot. J'exige une démonstration et, de mes yeux éblouis, je la vois sortir son fauteuil de la chambre pour se diriger vers les ascenseurs dans un roulement ivre. L'euphorie ne m'avait pas visitée depuis des mois. J'appelle tous ses amis pour leur annoncer ce miracle.

Comme les coups du sort, les miracles ne se produisent jamais seuls. Peu avant l'entretien au château, la maison de retraite qui ressemble à un centre d'art contemporain me propose un rendez-vous d'admission. C'est trop d'émotion, c'est l'angoisse. Si le centre d'art contemporain accepte ma mère avant le château, je ne pourrai pas faire patienter le chef de service le temps de savoir si elle préfère ce dernier. Je prends modèle sur les parents bien intentionnés : je mens. Au prétexte d'un déplacement professionnel, je repousse le rendez-vous au centre d'art contemporain.

Jusqu'à la dernière minute, j'ai pensé qu'un grand malheur m'empêcherait d'aller en Autriche. Dans mon imagination, la forme la plus commune de la catastrophe consiste en un coup de fil m'annonçant la mort de ma mère. Je conjure le sort en y pensant sans arrêt. Les esprits décident de me laisser partir en voyage. Quand je lis Zurich sur le panneau électronique de la gare de Lyon, j'ai envie de pleurer. Le monde ne s'est pas effacé, il m'attend au bout des rails. Quelques années plus tôt, je suis allée à Zurich faire des recherches pour mon troisième roman, *Sigma*, un livre très intéressant du point de vue de la clairvoyance, j'y reviendrai. Je garde un souvenir ému de cette ville, qui maîtrise à la perfection l'art de l'innocence. Rien de ce qui s'y trafique ne trouble la candeur de l'air, le pur éclat du lac. J'y passe dix minutes et monte dans le train direction Bratislava. La voie ferrée serpente à travers le cœur de l'Europe, le long de rivières diamantines, entre les sapins massés sous les nuages vaporeux. Mon regard se porte alternativement sur le paysage et le roman de Thomas Mann que je suis en train de lire. Je me fais servir un thé noir et un apfelstrudel dans une vraie vaisselle en céramique, avec de vrais couverts en métal et une vraie serviette en tissu, par un chef de bord qui n'aurait pas dépareillé sur la montagne magique en 1907. Ceci n'est pas un train. C'est une navette spatio-temporelle qui me dépose au Tyrol en plein Moyen Âge.

Perché sur un éperon rocheux, le bourg où se tient le festival consiste en un dédale de ruelles aux façades canari, céladon, pain d'épices, et frontons lourdement chantournés. Les arabesques paraissent taillées à la hache, un outil très prisé en Autriche si je me fie à une boutique du centre-ville qui déploie en vitrine un riche éventail de ces objets. Jusque-là, je croyais l'Autrichien Thomas Bernhard inexplicablement obsédé par le motif de la hache, tant ses livres regorgent de haches. Je le pensais personnellement habité par l'esprit de la hache, dans mon ignorance de la hache en tant qu'objet autrichien parfaitement littéral, si présent dans la vie quotidienne qu'il a fini par structurer la pensée architecturale autrichienne. Le résultat est entretenu avec un soin maniaque. Nulle part un trou, une tache ou un tag. J'interroge la guide qui promène notre groupe d'auteurs internationaux dans les ruelles. Elle soutient que tout est d'époque. Je hausse un sourcil sceptique, entretenant ainsi une autre vérité à la hache, l'arrogance des Français. Or il perdure en France une pénurie de moutarde, quelque chose à voir avec le Canada, dont on découvre à cette occasion qu'il est le plus gros exportateur mondial de moutarde. Pour un motif obscur, cette pénurie n'affecte pas l'Autriche. Les épiceries regorgent de moutardes, à la pomme, au miel, à l'estragon. J'achète des tas de moutardes et aussi des chocolats noirs, blancs, au lait, des savons, des lotions, des pommades et des bonnets de douche au Drogerie Markt, la France ne possède pas l'équivalent de ces magasins formidables. Après deux petites rencontres avec mes lecteurs germaniques, je remonte dans ma navette spatiale, au comble de la félicité.

Pour l'entretien au château, je choisis soigneusement les vêtements de ma mère. L'aide-soignante lui enfile un chemisier prune, une veste courte assortie et un pantalon gris clair autrefois ajusté, où flottent maintenant ses jambes maigres. J'inspecte sa tenue, remets de l'ordre dans ses cheveux, chasse les poussières, chipote en attendant l'ambulance. Transfert du lit au brancard, de la chambre à l'ambulance, embouteillages. Je réexplique à ma mère l'importance du rendez-vous et la rassure comme les parents le matin du bac, l'angoisse tartinée sur la figure. Arrivée au château, transfert du brancard au fauteuil, remise en ordre des cheveux, chasse aux poussières. On nous reçoit dans la bibliothèque. Au-delà des fenêtres planent les branches dénudées des grands arbres. De l'autre côté de la table en chêne clair, les portraits d'illustres résidents nous contemplent et, sous les portraits, les visages souriants du directeur, de la médecin, de l'infirmière cheffe, de la psychologue. Le jury paraît bien disposé. C'est au tour de ma mère.

Comment allez-vous. Molécule. Connaissez-vous notre maison. Molécule. Qu'est-ce que vous aimez faire. Molécule. Je réclame la parole. J'explique en empruntant un lexique recherché pour montrer que nous avons du vocabulaire – lésions corticales, aphasie, écholalie, fonctions cognitives partiellement préservées, progrès majeurs en dépit du pronostic vital engagé. Ma mère branle du chef avec conviction. Elle ne comprend rien à ce que je dis. De tout temps, notre relation a reposé sur ce socle, faire front contre l'adversité. Aujourd'hui, l'avenir est en jeu et c'est chacun pour soi la meilleure part du gâteau, donc je mens et elle m'approuve avec chaleur. Les jurés sont plus ou moins dupes, rompus aux facéties du grand âge. Elle soutient leurs regards, endure la conversation de bonne grâce, puis tire sur ma manche. Ça suffit, maintenant, prononce-t-elle très distinctement, sans molécule. Je me tortille en la priant d'être un peu patiente, on n'a pas tout à fait terminé. Le directeur lui demande ce qu'elle a pensé de tout ça. C'était très bien, très amusant, balaie-t-elle comme on éconduit un importun. Ah ah, rigolé-je. Le directeur sourit. Il veut savoir si elle est d'accord pour venir vivre au château. Ça, je ne sais pas, rétorque-t-elle de toute sa hauteur, et elle tire plus fort sur ma manche. Je me tortille de plus belle. Ma mère n'est pas sortie de l'hôpital depuis cinq mois et demi, minimisé-je, la journée a été fatigante, mais bien sûr nous avons encore le temps de voir le comptable, avec joie. Le boulot du comptable consiste à vérifier que nous pouvons payer trois mille deux cents euros par mois moins cinq cents pris en charge par l'État. Je m'emploie à le rassurer. À m'entendre, nous sommes assises sur un tas d'or – appartement trois-pièces proche toutes commodités, parfait état, lumineux, balcon, cave, parking. Ma mère se pend à ma manche. On y va, on y va, je la rassure. Le directeur nous raccompagne. Il dit de prendre notre temps pour réfléchir. J'en conclus que, pour lui, c'est ok. Les endorphines me montent à la tête. C'est tout réfléchi, glapis-je, on peut venir dès demain. Pas d'urgence, temporise-t-il, surtout pas d'urgence.

Dans l'ambulance, je demande à ma mère comment elle a trouvé la maison. Elle n'en pense rien. L'entretien l'a épuisée, elle détourne la tête comme si elle s'était prêtée à ce petit jeu pour me faire plaisir, mais que c'est terminé. Je me tais. Le lendemain, nous avons rendez-vous au centre d'art contemporain. La journée se déroule selon le même script, chipotage sur la tenue, transfert du lit au brancard, ambulance, transfert du brancard au fauteuil, rencontre avec la directrice et la gouvernante. Elles questionnent ma mère sur sa date de naissance. 3 août 1937, récite-t-elle sans hésitation ni molécule. J'en suis comme deux ronds de flan. Puis la gouvernante nous fait visiter les espaces communs, une chambre très bien aménagée, on dirait un hôtel décoré par Philippe Starck en mieux. Je remercie avec force. Sur le chemin du retour, je veux savoir quelle maison ma mère a préférée. *Neither*, rétorque-t-elle, ni l'une ni l'autre. Mais qu'est-ce que tu veux, alors ? *I want to go home*, Je veux rentrer à la maison. Soudain mes forces m'abandonnent. Depuis des mois, je lui explique avec toutes les pincettes possibles qu'elle ne pourra pas retourner dans son appartement. Elle a ratifié toutes mes démarches, s'est réjouie à toutes mes petites victoires. Elle n'a rien compris.

À l'hôpital, nous sommes accueillies par une haie de personnel soignant. On veut savoir si le rendez-vous s'est bien passé, si ma mère n'est pas trop fatiguée, si elle est contente. Les aide-soignantes la réinstallent dans son lit pendant que l'interne m'interroge dans le couloir. Elle ne veut pas y aller, je dis. Ses traits se figent en allégorie du désespoir. Et c'est dans la contemplation de son supplice que se révèle à moi l'ultime vérité. L'interne est plus à plaindre que moi. Parce qu'on n'envoie pas les gens en Ehpad contre leur gré : ils doivent être d'accord, formuler leur consentement s'ils sont en mesure de le faire. Ma mère l'est. Elle refuse. Je vais me coucher.

Elizabeth II meurt pendant qu'Ann végète encore au purgatoire. La défection de la monarque ne lui fait ni chaud ni froid. Elle a toujours détesté la famille royale, avec un zeste d'indulgence pour la reine, qui a enduré son rôle avec tant d'abnégation et partagé avec elle quatre-vingt-cinq ans d'histoire. Mais cela ne l'excusait pas de se soustraire à l'impôt pendant que le peuple entretenait ses châteaux. Pour ma mère, je choisis celui dans le parc. Le centre d'art contemporain présente de grands avantages, mais tous les signes m'orientent dans l'autre direction, sinon comment s'accomplirait la prophétie de mon cinquième roman.

Et c'est au terme des nuits qui succèdent aux nuits que survient une aube nouvelle. Au loin s'aperçoit la côte, enfin nous touchons terre. J'ai appris à connaître les indigènes. Dans leur idiome, le sens n'est pas tant contenu à l'intérieur des mots que dans leurs parages. Ici, tout signifie parfois lui-même et parfois son contraire. Un nom de fleur est un nom de fleur, mais aussi un crocodile, un pirate, son navire, les ténèbres ou le plein soleil. Le consentement est à la fois le tien, le mien, le nôtre. Il suffit de faire au grand prêtre l'offrande d'un consentement indéterminé, et la pluie, la chambre tomberont. Alors, puisqu'il faut à tout prix consentir, je m'enfonce à travers la jungle. Dans une clairière, je rencontre le grand prêtre directeur du château et lui dis que nous consentons. Il répond Fort bien, la pluie, la chambre tomberont dans deux mois. Je dis C'est trop tard, les récoltes seront foutues et le jeune interne mort d'angoisse. Le grand prêtre a le pouvoir de négocier avec les esprits. Il dit D'accord, la pluie, la chambre tomberont dans trois semaines. Je tope là. J'annonce aux médecins pétrifiés par le venin du grand mamba que nous avons consenti, ils tiendront bien trois semaines, il suffit de surveiller les semences, de soigner la patiente, et nous serons exaucés.

À quoi se résume la vie de la reine d'Angleterre en bout de course, quelques valises pour l'au-delà. Dans l'appartement sont accrochés de grands pastels sombres, une peinture de lune noire sous un ciel d'eau. Ils n'entreraient pas dans la petite chambre du château. J'enveloppe les gravures, les aquarelles, les œuvres complètes de Shakespeare que ma mère a lues mais pas dans cette lourde édition, qu'elle utilisait surtout pour des exercices de maintien. Marcher deux minutes par jour avec les œuvres complètes de Shakespeare en équilibre sur la tête conserve le dos droit, soutenait-elle, assez fière de sa trouvaille. J'emporte les romans de Dickens qu'elle a lus adolescente, les ouvrages sur la Révolution offerts par Olivia, les habits, les affaires de toilette, les ustensiles pour le thé. Opiniâtrement j'emballe les objets dotés de pouvoirs magiques, opiniâtrement je jette ceux qu'aucune raison raisonnable ne justifie, les flacons en plastique, les gadgets cassés, les fourchettes à deux dents. Et comme je m'absorbe dans cette tâche, oubliant les ardentes prières et les espoirs fiévreux, la pluie tombe enfin. Une chambre s'est libérée au château. Le 18 octobre 2022, Ann d'Angleterre quitte l'hôpital dans un carrosse ambulancier. Elle y a passé six mois et huit jours.

20

Avançant en âge, Olivia avait livré à son entourage cette opinion contre-intuitive : le plus bel âge pour la femme, c'est soixante ans. À ce point, elle a un regain de forme, débarrassée des cycles qui lui empoisonnaient la vie depuis l'adolescence. Elle jouit enfin de son temps comme elle veut. Les enfants ont quitté la maison, les parents sont morts. Le mari, s'il existe, vit sa vie de grand chat ronronnant, il ne gêne pas. Elle peut donc aller et venir à sa guise, se plonger dans la lecture sans se soucier de l'horloge. L'expérience d'Ann accrédite le point de vue de sa mère. Sa vie a été tout autre, diverse et aventureuse, lourde aussi de ce qu'il fallait porter d'autrui. À soixante ans, elle accède à une liberté inédite. Le travail n'a jamais été aussi agréable. Elle traduit des catalogues d'architecture, des scénarios, s'entretient avec leurs auteurs de sujets qui l'intéressent. À la Lemmings, l'ambiance s'est beaucoup améliorée. Mais depuis quarante ans, elle enseigne sa langue maternelle, elle veut apprendre à son tour. Par attrait pour García Márquez, elle choisit l'espagnol. Son professeur lui dispense des leçons particulières chez elle le dimanche. Elle fait des progrès foudroyants.

Les vingt-cinq ans de Julia n'ont rien à voir avec ceux de ses parents, pleins d'excitation et d'effervescence.

Elle vit dans un studio, réalise des travaux d'édition, cherche un véritable emploi. Toutes ses connaissances se sont éparpillées après la fac. Souvent, le dimanche, elle n'a vu personne de la semaine. Elle voudrait venir prendre le thé chez sa mère. Ann est embarrassée : elle a peut-être ou peut-être pas son cours d'espagnol. Julia ne comprend rien. Elle vit à côté de l'existence, pense à l'amour sans arrêt et s'en défend, de cet amour qui mène à la dissolution des familles. Soudain elle ne dort plus. L'angoisse lui fait un exosquelette qui prend le contrôle de sa vie. Elle consulte, se retrouve sous antidépresseurs et sur un divan. Le psychanalyste est très mauvais, toutes ses réponses sont à côté de la plaque. Il lui rappelle sa mère, donc elle reste. Au fil des rendez-vous, ça ne va jamais mieux. Il dit que c'est normal, il faut souffrir tant et plus jusqu'à la guérison qui adviendra peut-être, ou peut-être pas.

Ann traite la dépression de sa fille comme une allergie ou un rhume, une contrariété à surmonter dans les plus brefs délais pour reprendre le cours de sa vie. Elle s'irrite de la voir gâcher sa jeunesse au lieu de séduire les hommes – c'est si facile à son âge. À leurs pieds s'ouvre la faille qu'elles ont réussi à ignorer jusque-là. Le professeur d'espagnol a fait long feu, mais Ann a redécouvert le plaisir de se réinventer dans une autre langue. Elle passe un été en Espagne. Armée de ce premier courage, l'année suivante elle s'envole pour l'Équateur. Il y a longtemps, elle a lu *Tristes tropiques*, de Claude Lévi-Strauss. Les peuples amérindiens l'ont fascinée. Elle éprouve à leur égard l'attrait de toute une partie de sa génération, qui se défie des biens matériels et rêve d'une vie où les objets seraient chargés de sens. Les textiles brodés d'oiseaux fantastiques gonflent bientôt sa valise. Elle découvre la jungle, les Galapagos, photographie les iguanes et les fous aux pieds bleus, rencontre un homme dont elle ne dit rien, on saura seulement qu'il a existé et qu'elle le retrouvera un an plus tard, lorsqu'elle repartira en Équateur. Au retour, elle n'a pas de mots pour décrire son enchantement. Ses yeux expriment tout le désarroi que produit une impression trop forte sur l'esprit engourdi par des années de morne labeur.

Or l'atelier-logement où elle a vécu ses heures les plus rudes va être démoli, ainsi qu'une partie de la rue et de nombreuses parcelles alentour. Ici s'étendra le nouveau quartier Paris Rive Gauche, dont la bibliothèque François-Mitterrand formera l'épicentre. Tout autour, les sites industriels ferment, les engins de chantier débarquent, les grues s'élèvent. On crée des voies à travers les friches, au-dessus des rails peu à peu recouverts d'une dalle constructible. À la mort d'Olivia, Ann a hérité d'une petite somme. Elle peut maintenant acheter à crédit un deux-pièces au cinquième étage sans ascenseur. Il n'est pas certain que cela représente la meilleure option. Ces dernières années, elle s'est cassé une phalange, un poignet, deux côtes. Ostéoporose. Elle se soigne, pratique le yoga pour améliorer son équilibre, mais un cinquième sans ascenseur à soixante ans passés, je ne sais pas, moi, ce que vous en dites. Ann va signer pour le petit deux-pièces quand le notaire débusque un problème dans le contrat de vente. Elle se retire de l'affaire juste à temps. Pour une fois, elle a un vrai coup de chance.

Dans le cadre du vaste plan d'urbanisation en cours, la Ville met en place un programme d'accession sociale à la propriété. Des locataires aux revenus modestes peuvent prétendre à un appartement vendu sur plan à un tarif très avantageux. Ann constitue le dossier. À la mairie, elle n'a jamais vu une file d'attente aussi longue. Des centaines de personnes se sont déplacées dans l'espoir de décrocher la timbale de l'immobilier. Le premier numéro tiré au sort choisira son logement parmi tous ceux qui sont proposés, le deuxième, parmi ceux qui restent, etc. Ann reçoit le huitième numéro. C'est ainsi qu'elle se retrouve propriétaire d'un futur appartement en bord de Seine, près des boulevards maréchaux. Il sera livré dans deux ans.

Julia s'est déjà installée dans un meilleur logement. Elle a trouvé un emploi puis un autre, rencontré quelqu'un puis quelqu'un d'autre. C'est beaucoup d'énergie, ça ne se passe jamais bien. Ann prononce des mots acerbes, Julia le prend mal. Ann ironise, Julia le prend encore plus mal. Ann voudrait entretenir de bonnes relations mais ne lâche rien de ce qui les plombe, la compétition vis-à-vis des hommes. Dès que sa fille redevient célibataire, elle recouvre la raison. Julia s'éloigne dans l'espoir de réduire son ascendant. Ça ne change rien. Ses parents logent en elle comme deux géants qui l'empêchent d'accéder à la vie. Elle voudrait les extirper de son corps pour grandir, y travaille sans relâche et échoue à chaque fois. Quand elle n'est plus capable de rien, elle s'échappe dans les Corbières, chez ses parents de substitution. Dominique n'a pas d'enfant, François une fille de son premier mariage, avec laquelle il ne s'entend pas. Par affection, il dit que Julia est sa vraie fille. Tous les trois se réjouissent de leur heureuse rencontre, qui répare les errances de la biologie. Julia n'est plus retournée en Angleterre depuis longtemps. Quand on l'interroge sur sa famille anglaise, elle parle de ses cousines avec un sentiment lointain. Elle se sent proche de Kate mais mal à l'aise avec Alice, qui ressemble trop à Ann. Sur le ton de l'aigre plaisanterie, elle dit qu'Alice est la vraie fille de sa mère.

Peu avant qu'Ann emménage dans le nouvel appartement, Julia s'enfonce dans une dépression lourde. La première balaie, la seconde explose. S'ensuit un drame puis un autre. Les paroles d'Ann ne font qu'empirer la situation. Elle adjure sa fille de ne pas devenir comme sa sœur Betty, irrésistiblement attirée par le versant négatif de la vie. Julia coupe court et part dans les Corbières. À peine arrivée, elle reçoit un appel de la Charité-Arbitraire : sa mère s'est cassé le col du fémur, elle l'attend. Julia pense CHANTAGE. Elle refuse de rentrer à Paris. Ann doit se débrouiller sans sa fille, avec des béquilles, des voisins, des amis. Elle ne se cassera plus jamais d'os. Quand elle sort de la clinique, Alice vient d'Angleterre pour l'aider à s'installer.

Le nouvel appartement donne sur un paysage de terrains vagues et d'immeubles en construction. Il n'y a ni supermarché ni magasin d'aucune sorte, encore moins de restaurant ou de café. Ann fait partie de la première vague de peuplement. Elle a du mal à faire le point. Elle a traversé la guerre, la Reconstruction, la Nouvelle Vague, la *dolce vita*, les *swinging sixties*, connu l'après-Mai-68, la délicieuse vulgarité des années 1980, la grisaille des années 1990. Elle débarque dans une ville quadrillée comme celles du Nouveau Monde. Mais elle est contente, très contente. Avec un désir anxieux, elle étudie les ameublements de cuisine, choisit une mosaïque pour la salle de bains, commande des menuiseries sur mesure. Quand Julia vient la voir, plusieurs mois après l'emménagement, elle ne se remet toujours pas du luxe qui lui a échu. Bizarrement, elle dit tout le temps nous – nous avons une cave, nous avons une place de parking. À force,

Julia demande qui est ce nous dont elle parle. Ann est blessée. Elle voudrait partager sa joie, mais Ann et Julia ne partagent plus rien, même pas les livres. Elles bavardent de sujets sans importance, le temps qu'il fait, les plantes sur le balcon. Julia prend garde de ne livrer aucune information personnelle. Sa mère se désole de la voir se cogner dans tous les murs, mais elle s'engouffre par la plus petite brèche pour y jeter une bombe.

Ann prend sa retraite de la Lemmings. Elle continue la traduction, étudie à l'Institut Cervantès, voyage en Espagne, au Portugal, en Suisse, en Écosse, en Grèce, au Canada. Elle s'ennuie. À soixante-dix ans, elle retrouve un emploi. Pendant que Julia enchaîne les jobs, elle signe un contrat à durée indéterminée avec une mutuelle qui propose des cours d'anglais à ses sociétaires. Elle apprécie beaucoup ses nouveaux élèves. Ils se voient à l'extérieur, elle les aide à traduire leur CV, écrire des lettres de motivation. Elle aimerait rencontrer un homme.

À trente-cinq ans, Julia a fait une croix sur cette espèce. Elle reporte tous ses espoirs sur la littérature. Après avoir terminé un premier manuscrit de roman, elle le montre à quelques amis. Ann a très envie de le lire. En signe d'apaisement, sa fille le lui donne. En signe d'apaisement, Ann le juge formidable. Mais le manuscrit est refusé par trois éditeurs, et Julia s'attelle à un autre texte. De nouveau, elle ne sort plus de chez elle. Bientôt elle ne peut littéralement plus sortir. Dès qu'elle met le pied dehors, la terreur l'envahit. C'est l'enfer pour aller au supermarché, ça dure des mois. Le deuxième manuscrit achevé, elle se traîne à la poste pour l'envoyer aux Éditions de Minuit. Irène Lindon, la directrice, manifeste un intérêt immédiat. Mais le texte n'est pas assez solide, il faut retravailler. Ann contient son excitation. L'été précédent, elle a découvert Montréal. Elle propose à sa fille d'y retourner ensemble. Au Canada, étrangement, Julia n'est plus agoraphobe. Le matin, elle bricole son manuscrit, réagence des chapitres, coupe, récrit. L'après-midi, toutes les deux explorent le Mont-Royal, font du vélo au bord du Saint-Laurent, visitent les musées. Le soir, elles dînent en terrasse ou assistent à des concerts en plein air. Il fait tout le temps beau. Le séjour se déroule sans le moindre heurt, c'est comme une bénédiction du ciel.

En septembre, Irène Lindon accepte le manuscrit de *Viviane Élisabeth Fauville.* Le roman paraîtra un an plus tard. Complètement sonnée, Julia oublie de se réjouir. Entrer aux Éditions de Minuit constitue un privilège enviable et terrifiant, explique-t-elle à sa grand-mère, il enferme le petit nombre de ses élus dans un cercle interdit aux profanes. Adepte d'une religion plus conventionnelle, Madeleine préférerait que sa petite-fille se trouve un mari. À quatre-vingt-seize ans, la mère de François décline. Tout le monde la voyait centenaire, elle dit qu'elle en a assez. Un accident cérébral la conduit à la Charité-Arbitraire, dans l'exact renfoncement où Ann sera déclarée perdue dix ans plus tard. L'accident ne la prive ni de sa tête ni de sa langue, mais ses jambes ne la portent plus. Ann et Julia lui rendent souvent visite. En dépit de sérieuses divergences intellectuelles, Madeleine leur a toujours témoigné un indéfectible soutien.

Or, depuis Montréal, Ann ne se sent pas très en forme. Elle a mal au ventre. Lorsqu'elle finit par consulter, on lui prescrit aussitôt des examens. Les résultats ne laissent aucune place à l'interprétation : son corps sécrète une maladie mortelle. Le crédit illimité s'est brutalement restreint. D'un jour à l'autre, la vie se réduit au temps qui coule, mais jusqu'à quand. Ann et Julia se contemplent en faïences. Elles traversent Noël dans un silence feutré par la neige, espérant que l'immobilité les fera oublier des esprits malins. L'opération a lieu comme prévu début janvier. Julia travaille maintenant dans un bureau et prend des médicaments pour pouvoir monter dans le bus. À midi, elle déjeune toujours avec le même collègue, un gars solide qui aide à franchir le boulevard Saint-Germain. Ils mangent des sushis rue Dauphine lorsque Ann lui téléphone. Elle a reçu son compte-rendu d'analyses : tirée d'affaire. Quelque chose se dénoue dans l'instant. Ann et Julia respirent à nouveau.

Cependant Madeleine a pris conscience de ce qu'elle est devenue, une femme vive irrémédiablement tombée dans la dépendance. Elle s'égare dans le délire et meurt en avril grâce à la loi Leonetti, qui proscrit l'obstination déraisonnable. À l'église, François, Ann et Julia sont réunis pour la première fois depuis la séparation. Le cortège descend la grande allée du Jardin des Plantes. Ils disent adieu à Madeleine parmi les tulipes et les jonquilles ivres de vie sous l'averse de printemps.

Un mois plus tard, Ann retourne entre ses mains le premier roman de Julia, qui vient d'être imprimé. Elle le manipule comme un fragment stellaire, une météorite, la preuve d'existence d'une autre galaxie. Surtout, elle se garde bien de l'ouvrir. Elle s'apprête à partir en vacances et ne veut pas l'abîmer – comme si les séjours à la plage recelaient de grands dangers pour les livres. Peu après son retour, elle téléphone à sa fille. *We have to talk*, dit-elle, Il faut qu'on parle. Ann ne prononce jamais ce genre de phrase. Au contraire, elle veut toujours ne pas parler – on comprend ce que parler veut dire, évoquer des choses lourdes, et non causer littérature autour d'une tasse de thé.

Quand elle se présente à sa porte, Julia arbore un petit sourire assez irritant. Ann est au-delà du mécontentement, elle contient mal sa fureur. On vient de lui livrer un nouveau canapé, un canapé en toile rouge. Chez elle, il ne produit pas du tout le même effet que dans le magasin. Elle s'en veut à mort d'avoir réalisé cet achat. Julia examine le meuble, le trouve pas mal du tout. Mais Ann ne décolère pas, elle veut encore parler du canapé rouge, redire à quel point c'était une erreur fatale de le faire entrer chez elle, mon Dieu comment va-t-elle se tirer de l'extrême péril du canapé rouge. Julia propose de boire le thé. Elles prennent place sur le maudit sofa – très confortable. Ann dit *So the mother, in the book*, Donc la mère, dans le livre. Quoi, la mère. La mère, tu sais, la mère décrite comme un monolithe. C'est vrai, la mère de Viviane Élisabeth Fauville est dépeinte comme un monolithe, une statue de la Commandeuse. Mais toutes les mères ne sont-elles pas des Commandeuses, d'autre part elle est morte, cette mère, et Ann bien vivante. Puisqu'il faut avouer quelque chose, Julia admet cependant un emprunt, dans le passage où le personnage principal est comparé à une poule de luxe. Ann lui a raconté vingt fois comment, dans les années 1970, un touriste américain l'avait accostée sur la place de l'Étoile, croyant avoir affaire à une prostituée, et comment elle lui avait ri au nez. Celle-ci marmotte quelque chose de moyennement convaincu. La parlote, c'est terminé.

Viviane Élisabeth Fauville reçoit un accueil favorable. Aucun journaliste n'évoque le personnage de la mère, ou très à la marge. Ann révise son jugement. Tout à coup, elle applaudit à la bonne fortune du livre, l'offre à ses amis, ne parle que de ça. Julia a entamé une longue tournée de promotion. Elle est toujours agoraphobe, c'est un chemin de croix. Ann saisit mal le problème, tant le succès devrait les résoudre tous. Mais elle a enfin trouvé l'explication à l'énigme ontologique posée par sa fille : les angoisses de Julia constituent le fardeau inéluctable de l'artiste. Soudain cet état lui confère des circonstances atténuantes dans tous les registres de la vie, l'exempte du soupçon comme du reproche, et c'est Ann qui a enfanté ce prodige – on ne voit pas qu'un peu de gloire ne rejaillisse sur la mère du miracle. La fierté lui tourne tant la tête, elle remarque à peine qu'on lui ôte la thyroïde. Elle a subi tant de chirurgies, on ne va pas s'attarder sur cette broutille.

Pour sa part, Julia touche au bout du rouleau. Après six mois sur les routes, elle voudrait rentrer dans son terrier et ne jamais en sortir. Manque de chance, elle vient d'obtenir une résidence d'écriture à Gênes, en Italie. Il faut prendre l'avion et elle ne peut s'y résoudre. Quand Ann la voit sur le point de renoncer face à l'obstacle génois, elle propose de l'accompagner. Julia monte dans l'avion avec sa mère, morte de honte et pétrifiée d'angoisse. On leur avait vanté la douceur du climat hivernal en Ligurie, elles débarquent sous une tempête de neige, après quoi il pleut tout le temps. Sous les trombes d'eau, elles explorent les venelles, visitent le palazzo Bianco, le palazzo Rosso, dégustent des foccaccias à peine sorties du four. Ann s'enchante de tout, Julia marine au fond du gouffre. Tout son corps est rigide, guidé par son exosquelette. Comme elles empruntent une rue mal pavée, Ann se prend le pied dans une écorchure du trottoir. Julia marche loin devant. Lorsqu'elle se retourne enfin, une Italienne aide sa mère à se relever, effarée qu'on s'occupe si mal de sa famille. Julia est furieuse. Ann se casse la gueule sans arrêt. Son corps ne cesse de la trahir, et Julia voudrait une mère solide, qui accueille et contienne. Sous la pluie de Gênes, on dirait deux paralytiques, l'une physique, l'autre mentale.

Après le départ d'Ann, Julia passe un mois à errer dans les venelles, à ne pas travailler, à ne pas dormir par hantise des fenêtres. Phobie d'impulsion, conclut le psychiatre quand elle rentre à son tour. Elle souffre d'un trouble obsessionnel où la malade ne passe presque jamais à l'acte. Mais tout est dans le presque, fait-elle observer à Ann. *I knew you wouldn't do that*, réplique tranquillement celle-ci, Je savais que tu ne le ferais pas. Savait-elle ou ne savait-elle pas. Ne pouvait-elle simplement pas l'envisager. L'a-t-elle empêchée de passer à l'acte par la force de son déni. Après Gênes, Julia se retape assez vite, et Ann raconte à tout le monde l'excellent séjour qu'elles ont vécu en Italie.

Julia publie *Le Triangle d'hiver*. Ann surveille les piles dans les librairies. Lorsqu'elle estime que le livre n'est pas assez mis en valeur, elle déplace les ouvrages dans le dos des libraires. Mais elle n'a plus le droit de venir aux rencontres publiques. Elle parle trop fort. Après avoir promis de se montrer discrète, elle se débrouille toujours pour faire savoir à l'assistance qu'elle est la mère de l'autrice. Cette interdiction la blesse. Elle pardonne (le fardeau inéluctable de l'artiste). Julia prend goût aux tournées de promotion, aux voyages à l'étranger. Jamais précoce, elle se rattrape dans pas mal de domaines après quarante ans. En signe de victoire, elle retourne en Angleterre avec Ann pour la première fois depuis une éternité.

Jack Johnson est mort, puis le mari de Kate, emporté par une sale maladie. Alice a maintenant une petite-fille, objet de toutes les attentions. Ann et Julia se réjouissent de les voir. Mais l'Eurostar est une machine à remonter le temps. Transplantées outre-Manche, elles retrouvent leurs personnalités d'avant, leurs personnalités infantiles. Ann formule des exigences déraisonnables, sa fille le lui rend au centuple. Dans la petite chambre qu'elles partagent chez Kate, elles s'étripent comme chien et chat. La fureur de Julia s'augmente encore lorsqu'elles retrouvent Alice. Une douzaine de personnes se serrent dans le sitting-room avec leurs parts de *christmas cake* et leurs *cups of tea*. Alice les salue brièvement puis file au pied du sapin, où elle passe l'après-midi à jouer avec sa petite-fille. Julia a l'habitude des bizarreries d'Alice. Par contre, elle ne supporte pas le regard d'adoration dont Ann la couve depuis l'autre bout de la pièce. Quand elles se retrouvent seules dans leur chambre, Julia aboie, Ann siffle, épouvantées de voir se dresser face à elles des personnes qu'elles croyaient disparues. Les filles ne sortent jamais du corps de leur mère. Il suffit d'un train, d'un pays, pour qu'elles y retournent avec leur corps de quarante ans et s'y débattent comme dans un cauchemar.

Julia publie *Sigma*, un objet biscornu. Ann considère que c'est son meilleur livre. Elle prononce le mot brillant. Julia ne prend pas ce compliment à la lettre, mais elle aime bien *Sigma*. Parmi beaucoup d'autres choses, il décrit la relation entre deux sœurs. L'aînée se marie jeune, elle a trois enfants. La cadette quitte le pays natal pour faire carrière à l'étranger. Vers la fin, on comprend qu'un des enfants de l'aînée est en réalité celui de la seconde, qu'elle a eu avec son beau-frère. Personne n'a menti. La famille s'est contentée d'observer le silence, et la vérité s'est cachée en pleine lumière. Julia ignore où elle a pêché cette idée. Quand elle lui est tombée dessus, elle lui a paru bonne.

Ann a quatre-vingts ans. La mutuelle qui l'emploie depuis une décennie estime que l'heure d'une valeureuse retraite a sonné. Elle l'accepte à contre-cœur. Ayant atteint le dernier âge de sa mère, elle se replie sur les mêmes activités. Dans un guide culinaire légué par Olivia, elle retrouve la recette de gâteaux appréciés dans l'enfance. À la faveur d'un goût, d'un arôme, surgissent des mondes engloutis – on connaît cette sorte de choses. Le dimanche, elle attend avec impatience la visite de Julia. Elle a toujours trois lectures en route, une en espagnol, une en anglais, une en français. Elle tient comme à la prunelle de ses yeux à son cours de littérature hispanique et à sa séance de piscine.

Avec sa fille, elle séjourne en Bretagne. Par bien des aspects, la côte finistérienne ressemble à celle du nord de l'Angleterre. Elles s'en font la remarque au bord de la falaise, entre les joncs battus par le vent. Ann est en forme. Elle nage, rapporte des œufs de la ferme sur son vélo, prépare leur déjeuner pendant que Julia travaille à son prochain livre. Mais un jour où elles font les courses au Super U, Ann n'entend pas ce que lui dit la caissière, trop occupée à farfouiller dans son porte-monnaie. La caissière sourit avec indulgence, et soudain Julia voit sa mère à travers les yeux de l'employée, une femme âgée qui se recroqueville comme une mignonne tortue. Ça la crucifie. Elle respire par le ventre pour contenir le reproche qu'elle voudrait faire à sa mère de vieillir. Les parents donnent la vie en promettant de se tenir toujours à vos côtés, et ils vous abandonnent au milieu de la route pour un monde meilleur, à moins que pour rien du tout.

Avant que le pire ne se produise, Julia emménage chez Ann. Elle se retrouve sans appartement pour quelques mois, il faut bien loger quelque part. Ses affaires stockées au garde-meubles, elle s'installe dans le bureau promptement converti en chambre d'appoint. Ce n'est pas une bonne idée, mais elles en ont envie toutes les deux. Qui sait, il est peut-être encore temps de vivre l'enfance, la maternité idéales qu'elles n'ont pas connues par manque d'expérience lorsque ces événements se sont présentés. Comme souvent, la réalité déçoit. Elles ont pris des habitudes d'indépendance. Très vite, elles se marchent sur les pieds. Surtout, elles ont encore la force de s'étriper à la moindre étincelle. Ann ronge son frein pendant que Julia s'échappe le plus souvent possible. C'est le dernier printemps avant le Covid. Elle a terminé son quatrième roman. *Propriété privée* paraîtra en septembre. La sortie se présente bien, les avis sont enthousiastes. Elle a trouvé un logement pour la rentrée. Elle a une intrigue avec un ambassadeur (le charme discret du VIIe arrondissement). La vie s'est beaucoup allégée entre les sorties littéraires et les sphères diplomatiques. En juillet, elle retourne en Bretagne avec des amis. Elle a rarement eu l'esprit si tranquille.

21

En juillet, je retourne en Bretagne avec des amis. J'ai rarement eu l'esprit si tranquille. C'est la canicule partout sauf ici. On se baigne, on mange du poisson, on visite. J'envoie des photos de la presqu'île de Crozon à l'ambassadeur, il me retourne des selfies avec des ministres. Toute la journée, je souris mystérieusement sur mes textos. Je suis insupportable. L'ambiance avec mes amis se tend. De toute façon, depuis un moment, on s'éloigne. Un jour, il fait un peu moins beau que les autres. On se promène sur le sentier des douaniers, en file indienne dans nos anoraks. La mer vert d'huître clapote au pied de la falaise. L'ambiance est à la politesse, à peine tranchante aux entournures. Je ne sais pas à quoi je pense. Les idées dérivent au fil de la marche. Le paysage me rappelle l'Angleterre, ma famille anglaise, et par association la phrase « Alice est la vraie fille de ma mère », que j'ai souvent employée pour décrire ma cousine. Elle me revient d'un coup sur le sentier des douaniers. De fait, il faut beaucoup de garde-frontières à l'entrée du chemin où je mets les pieds.

Je ne suis pas sujette aux flashes, aux visions, à toutes ces fariboles fabriquées pas cher pour augmenter le réel à peu de frais, quand il n'y a que le langage pour lui donner corps, épaisseur, direction. Or, ce jour-là, j'ai une vision de langage. Car dans le mouvement où la phrase me revient, elle se transforme aussitôt pour devenir « Alice est vraiment la fille de ma mère ». La nouvelle phrase me frappe comme une évidence. En un éclair s'ouvre une infinité de portes closes. Elle élucide tout ce qui demeure inexpliqué dans nos vies. Soudain j'ai une sœur, et Kate n'en a plus qu'une demie, et toutes les difficultés d'Alice ont une cause, les miennes aussi, celles d'Ann, surtout, qui a passé sa vie à se dérober, fuir l'Angleterre, se soustraire à l'intimité, échapper aux autres, m'échapper à moi et s'échapper à elle-même pour rayer de sa mémoire ce qui s'est produit à Billingham vers septembre 1953, le jour où elle a été prise en traître par son beau-frère. Parce que je n'ai jamais eu de doutes sur le père d'Alice, c'était Jack Johnson.

Les pièces s'assemblent à toute vitesse. Me revient la seule expression que ma mère a jamais employée pour le décrire, *He was like Marlon Brando in* A Streetcar Named Desire, Il était comme Marlon Brando dans *Un tramway nommé Désir*, qui m'avait causé tant de perplexité quand j'étais adolescente. Mais je n'étais plus si naïve, je me rappelais maintenant très bien ce que fait Marlon Brando à la fin du film, il viole la sœur de sa femme, l'insupportable Blanche DuBois. Et c'est ici que la comparaison s'inverse. La jeune Ann n'avait rien en commun avec Blanche DuBois. C'est sa sœur Betty qui lui ressemblait comme deux gouttes d'eau. La douce Ann ressemblait beaucoup plus à Stella, la candide épouse.

À quinze ans, Ann vivait une adolescence enthousiaste, attestée par son journal de jeune fille. Excellente élève, elle serait la première de sa famille à entrer à l'université. Elle passe beaucoup de temps à s'occuper de la petite Kate, qui vient de naître. Elle n'a jamais été en conflit avec les siens. À la naissance d'Alice, elle va sur ses dix-sept ans. Son journal s'arrête à cette période. Désormais, elle n'a plus qu'une idée, quitter la région, l'Angleterre, se construire dans une nouvelle langue, un autre pays. Les années suivantes, elle vit à Manchester, en France, à Rome, revient épisodiquement à Billingham. Elle recommence à y séjourner plus longtemps après le divorce de sa sœur. Jack Johnson a disparu. Ann développe avec Alice un lien privilégié, à l'exclusion de tous les autres membres de la famille. Ses relations avec Betty s'abîment définitivement quand la jeune fille plonge dans la dépression, vers vingt ans. Betty lui pousse la tête sous l'eau alors qu'Ann essaie désespérément de l'en tirer. Elle se sent responsable, en veut mortellement à sa sœur. Par la suite, elle s'inquiète sans cesse pour Alice, même quand il n'y a plus de raisons. Elle admire ses talents, se désole qu'elle ne les exploite pas davantage, lui invente toutes sortes d'excuses, elle qui a si peu d'indulgence pour les manquements des autres.

J'avais une amie qui avait deux fils. Elle avait abandonné le premier à son père quand il était tout petit et ne l'avait retrouvé que des années plus tard. Entretemps, elle en avait eu un second. Dès la naissance, celui-ci s'était efforcé d'atteindre la perfection, bébé docile, marmot enjoué, élève studieux, soutien infaillible de sa mère dans toutes les difficultés qu'elle traversait. Elle n'avait d'indulgence que pour le premier, dont les mérites me paraissaient pourtant bien moins grands. Pour le second, elle disait que la vie avait été « facile ». Je suis née vingt ans après Alice, à trois semaines près. Je n'ai pas dit quel est mon deuxième et dernier prénom, Alice.

La phrase m'a hantée pendant plusieurs jours. Avec mes amis, je m'en suis tenue à la politesse contrainte qui prévalait depuis le début des vacances. Seule sur la terrasse où s'amoncelaient les nuages, j'ai retourné ma trouvaille, observé la transformation de l'histoire depuis ce nouveau point de vue. Le premier effet de la phrase était un vaste soulagement. Je n'étais plus seule au monde avec ma mère, j'avais une sœur. Le deuxième était le mensonge. J'avais grandi dans l'idée que j'étais fille unique, forgé mon personnage mental, la perception de mon caractère et de mes liens avec les autres, dans cette conviction. Le troisième était une rage, qu'on ait sciemment faussé notre interprétation du monde sans se soucier des répercussions sur nous. J'étais révoltée. Si mon hypothèse s'avérait, Ann avait cédé son bébé à sa sœur pour sauver leur réputation et accomplir la destinée qu'Olivia avait tracée pour elle. Toutes les trois se tenaient complices au seuil de nos vies. Elles avaient jeté des sorts sur nos berceaux sans se préoccuper de la délivrance.

Les vacances se sont terminées. J'ai quitté mes amis gare Montparnasse, et nous ne nous sommes pour ainsi dire jamais revus. Après cela, je n'ai plus pensé à la phrase. Je l'ai oubliée. Parfois, elle refaisait surface. Je la laissais se renfoncer dans l'eau. À la rentrée, *Propriété privée* a été bien reçu. J'en ai fait la promotion un peu partout en France, je suis allée en Belgique, aux Pays-Bas, à Buenos Aires pour *Viviane Élisabeth Fauville*, qui venait d'être traduit. L'ambassadeur avait fait long feu. En décembre ont commencé les grandes grèves contre la réforme des retraites. Je suis quand même allée chez Kate à Noël, où je me suis longtemps promenée sur la plage, sans penser à rien. En janvier, les grèves ont molli. On plaignait beaucoup les Chinois, paralysés par un virus au nom comique. Puis il est arrivé en Europe, et la France a tiré le rideau.

À ce moment, je vis à Château-Rouge, un quartier surtout peuplé d'Africains. Le marché déborde de légumes biscornus, de têtes de moutons, de gros poissons séchés au rictus figé dans le sel. Une perpétuelle odeur de viande et de fruit mûr plane sur le quartier. Le soir, les camions de nettoyage chassent les détritus à grands jets d'eau, et les prostituées sortent de l'ombre, toutes de très jeunes femmes noires. Des hommes veillent discrètement dans les encoignures de porte. Les passes ont lieu dans des hôtels à trente euros la nuit, les cours des immeubles. Les Blancs de mon espèce représentent peut-être cinq pour cent de la population. Après le 15 mars, ils ont quasiment disparu. Les rues sont hantées par des pauvres de plus en plus pauvres. Des mères de famille fouillent les poubelles, les mains protégées par des sacs en plastique. Des hommes longs et maigres titubent avec leurs béquilles. Je vois des personnes tellement faibles sous l'effet de la drogue ou de la maladie, je pense qu'elles seront mortes le lendemain. Il y a des contrôles de police à tous les carrefours, des amendes de cent trente-cinq euros distribuées à tour de bras à des femmes venues faire leur marché dans les épiceries à bas coût. La première semaine, on me réclame mon attestation de déplacement dérogatoire tous les jours. Ensuite, plus jamais. Les Africains autour de moi sont systématiquement contrôlés. Je prends le métro. Au prétexte de faire les courses pour une personne vulnérable, je vais voir ma mère.

Ann fait ses courses toute seule. Elle n'a pas peur du virus. Elle se rappelle l'épidémie de grippe qui s'est abattue sur l'Europe en 1957, la femme qui toussait horriblement dans la maison de Manchester, la grippe de Hong Kong à la fin des années 1960, enterrée sous les décombres de la Reconstruction, les *swinging sixties*, l'amour fou. Seule dans son appartement, elle cherche une explication aux mesures de confinement, parfaitement disproportionnées au regard de tout ce qu'elle a connu. Peu à peu, elle glisse vers l'hypothèse d'une machination, d'une volonté de contrôle exercée dans un but obscur. Privée de cours de littérature, de piscine, de cinéma, elle a perdu tout ce qui la relie au monde.

J'emménage à Tours le jour du déconfinement. J'ai pris cette décision quelques mois plus tôt, les événements ont retardé mon départ. Ma mère me rend visite dès que je suis installée, ravie de pouvoir enfin quitter Paris. Nous nous promenons sous le soleil radieux. Les pignons pointus se détachent sur l'azur, le gazon exulte dans les parcs, les mésanges gazouillent dans les feuillus. Des nuées d'oiseaux marins planent sur la Loire, où pataugent les aigrettes. Ma mère critique tout ce qui lui tombe sous les yeux, le pavé inégal, l'entretien des bâtiments. Je dois lui faire remarquer que nous traversons le fleuve pour qu'elle accorde un regard au paysage majestueux. Je perds patience. Je ne comprends pas qu'elle a du mal à marcher, combien sa vue a baissé. Il lui faut plusieurs minutes pour enfiler ses chaussures. Elle n'arrive pas à remonter la fermeture de son coupe-vent. Lorsqu'elle y parvient enfin, elle s'arrête aussitôt pour la rouvrir. Je la raccompagne à la gare avec un soulagement coupable. Qu'est-ce que ça m'aurait coûté d'avoir été plus patiente. Qu'est-ce que ça m'aurait coûté de la voir vieillir.

Peu de temps après, elle me téléphone pour m'apprendre la mort de notre ami François, des Corbières. Je le connaissais depuis plus de quarante ans. Ce jour-là, tout un pan de mon histoire prend fin. Quand je reçois l'appel de ma mère, je suis en résidence avec une metteuse en scène à la chartreuse de Villeneuve lez Avignon. Nous faisons une pause dans notre travail. Je me renseigne sur les horaires de train pour Perpignan, divague dans les rues à la recherche de vêtements noirs, puis retrouve la metteuse en scène pour dîner dans une brasserie face au palais des Papes. Entre le plat et le dessert, je ne sais pas pourquoi, je lui raconte la phrase. Elle me revient d'un coup alors que je n'y ai pas pensé depuis un an. La metteuse en scène et moi ne sommes pas amies. Nous n'en sommes certainement pas aux confidences, pourtant je dévide l'histoire dans tous ses détails, le flash, ma famille anglaise, la trajectoire de ma mère, mon second prénom. Je lui raconte pour qu'elle me détrompe. J'ai lu assez de romans policiers pour savoir qu'il faut se méfier des scénarios les mieux ficelés. Parfois, tous les indices concordent, pourtant la vérité repose dans la version la moins séduisante de l'histoire. C'est l'enchaînement aveugle des causes et des conséquences, le chaos stupide des événements. La metteuse en scène m'écoute avec attention. Elle dit Moi, j'y crois.

Je replonge dans le tunnel. Pendant trois jours, je revis l'absorption fascinée dans ma découverte, le paysage qui se recompose sous mon œil intérieur. Mais cette fois, je n'oublie pas la phrase en rentrant à Paris, où je rends visite à ma mère à la fin du mois de juillet.

Je me demande bien ce que je vais lui raconter. Je pourrais lui dire Tiens, tu sais ce qui m'est passé par la tête l'autre jour, j'ai imaginé qu'Alice pouvait être ta fille, qu'est-ce que tu en penses ? Ou je pourrais dire Au fait, tu te souviens du film où Yvonne de Carlo n'est pas la fille de celle qu'elle croit ? Et de cette histoire que tu m'avais racontée sur Jack Nicholson, qui était en réalité le fils de sa sœur ? Ou de ton beau-frère qui ressemblait à Marlon Brando dans *Un tramway nommé Désir* ? Et est-ce que tu te rappelles m'avoir expliqué, quand j'étais très jeune, que certaines femmes portent leur bébé de telle façon que ça ne se voit pas ? Et que le corps des très jeunes mères se rétablit à l'identique, de sorte que, parfois, personne ne soupçonne qu'elles ont eu un enfant ? Ça m'avait beaucoup étonnée, à l'époque, que tu me racontes ça.

À la place, j'ai parlé d'Alice. J'ai posé une question sur sa naissance. Elle a fait semblant de ne pas entendre et s'est retournée pour attraper le saladier sur le plan de travail. À partir de là, chaque fois que j'évoquais ma cousine, toutes ses réactions m'ont paru conforter mon hypothèse – les regards détournés, les esquives, sa hâte à changer de sujet. Aussi bien, j'entendais ce que j'avais envie d'entendre. Dans les mois qui ont suivi, j'ai raconté la phrase à Michaël, à mon amie Geneviève, à mon amie Carole, à mon amie Magali, à mon amie Valeria, espérant que quelqu'un me signalerait la faille, le point d'achoppement dans ma théorie qui me permettrait de démonter la mécanique. Tous m'ont incitée à parler à ma mère. Il y avait trop d'enjeu pour la laisser disparaître avec son secret.

Elle revient me voir à Tours deux fois, un hiver glacial et un été caniculaire. Je ne suis pas plus patiente que lors de sa première visite. Je préfère la voir chez elle, où elle se montre plus assurée. Souvent, je fais faux bond à Michaël pour passer la nuit sur le canapé-lit du bureau. Quand je reprends le train, elle m'accompagne à la gare. Ça lui fait une plus longue balade que d'habitude. Elle aurait besoin d'une canne, mais je ne me hasarde pas à formuler cette suggestion. Elle me jetterait son regard assassin, comme si je voulais l'expédier dans la tombe. J'aime bien qu'elle m'accompagne. Je continue à penser que j'ai peut-être une sœur. Une amie me recommande son psy, doué selon elle d'une excellente intuition. Il me reçoit en chaussettes dans une pièce parfumée à l'encens. Après avoir écouté mon histoire, il hoche la tête et déclare Moi, je n'y crois pas. À ses yeux, je suis fille unique, par nature égoïste, et j'ai inventé tout ça dans le seul but d'emmerder ma mère. Il me fait tellement de bien, je ne retourne jamais le voir.

En Angleterre, le compagnon d'Alice meurt subitement, d'une maladie non détectée pendant le Covid. C'est un choc pour beaucoup de gens, il était très populaire. Le jour de l'enterrement, tout le village se masse dans la rue principale pour lui rendre hommage. Ma mère ne peut pas y aller à cause du énième confinement. Elle trépigne. *Alice is counting on me*, répète-t-elle sans arrêt, Alice compte sur moi. Pourtant, je n'ai pas tellement l'impression qu'Alice a besoin d'elle. Alice a sa fille, ses deux petites-filles, sa sœur, sa nièce, des amis, je ne vois pas en quoi la présence de ma mère de quatre-vingt-quatre ans lui est spécialement nécessaire pour surmonter l'épreuve. J'ai surtout l'impression que ma mère a le désir urgent de voir Alice. Au téléphone, elle lui dit qu'elle va venir le plus vite possible, mais elle a un mal fou à faire renouveler ses papiers d'identité. À cause des restrictions sanitaires, elle a dépassé les délais impartis aux Français nés à l'étranger. La préfecture la somme de prouver qu'elle a bien obtenu la nationalité cinquante ans plus tôt – extrait de l'acte de naissance, traduction par un professionnel assermenté, copie de l'acte de mariage, du jugement de divorce, et bien d'autres documents qui n'arrivent jamais au bon endroit, qui se perdent dans des services où on s'en fout, il faut recommencer à zéro, ainsi que la photo non conforme, trop de frange, eh non, encore raté, pas de foulard autour du cou, désolée madame, c'est pas moi qui fais la loi. *Alice is waiting for me*, répète ma mère en boucle, et ça commence à m'énerver.

Enfin les documents sont obtenus, elle prend ses billets. À l'approche de son départ, je recommence avec mes sournoiseries. Elle va passer beaucoup de temps seule avec Alice. *You'll be able to talk,* je dis, Vous allez pouvoir parler. Elle hoche la tête en fixant son assiette. Je voudrais être plus directe mais, chaque fois que j'approche, ça brûle. Je ne suis pas bête au point de mettre ma main dans le feu. Le matin de son départ, elle voudrait que je l'accompagne à la gare. Je lui suggère de prendre un taxi. Le psy en chaussettes avait raison : je ne suis qu'une égoïste qui cherche à emmerder sa mère. À son arrivée en Angleterre, elle m'envoie un texto de tout-va-bien. Deux semaines se passent. Un soir d'octobre, je vais l'attendre gare du Nord. Je ne suis pas tranquille. Je me demande si j'aurai encore une mère quand elle descendra du train. Elle est dans les dernières personnes à remonter le quai. Je la reconnais avant de savoir que c'est elle, la forme de ses cheveux, sa démarche, fragile silhouette qui trottine dans la doudoune, sa valise à roulettes à la main. Elle lève les yeux pour chercher une tête connue parmi les gens qui attendent au bout du quai. Dès qu'elle m'aperçoit, son visage s'éclaire. Ma mère se précipite vers moi. Elle n'a jamais paru aussi contente de me voir, je le jure.

Je ne saurai pas ce qui s'est passé en Angleterre avant des mois. Pour le moment, peu importe, elle me reconnaît pour fille légitime, elle m'adopte. Après ça, je n'ai plus envie de me poser de questions. Quand on me demande où j'en suis avec cette histoire, je me convertis à l'esprit de l'époque. La filiation biologique n'est plus l'alpha et l'oméga de l'existence. Dans la loi, le parent effectif a supplanté le parent chromosomique. Farfouiller dans les gènes revient à chipoter sur la mère porteuse. Or c'est bien ma tante Betty qui a élevé Alice, *so let sleeping dogs lie*, laissons en paix le chat qui dort, les chiens anglais sont un chat français, et la traduction relève toujours d'un arrangement avec soi-même.

Monument national paraît au début de l'année 2022, une histoire d'enfant adoptée, d'accident cardiaque et de captation d'héritage. Comme d'habitude, ma mère collectionne les articles de presse. Je l'autorise à venir à une lecture à la Maison de la Poésie. Chaque fois que je passe par Paris, je vais la voir. Un soir, elle paraît préoccupée. J'essaie de la distraire avec des anecdotes. Elle continue de faire une tête d'enterrement. Je finis par demander s'il y a un problème. Oui, il y en a un. Son médecin l'a envoyée chez le cardiologue. Elle n'a jamais consulté ce genre de praticien auparavant. Elle l'a trouvé odieux, surtout quand il lui a détecté un trouble du rythme cardiaque et prescrit des anticoagulants. Je fais observer que c'est un traitement très courant. D'autre part, ses deux parents sont morts d'un infarctus, il ne paraît pas absolument extravagant de se prémunir contre ce risque. Elle me jette son regard assassin, comme si je conspirais avec le cardiologue pour lui nuire. Je laisse tomber. De toute façon, elle prend ses médicaments.

À chaque visite suivante, elle reparle de ce traitement. Elle me fatigue un peu. Depuis le Covid, elle tourne en rond – le virus, le vaccin, l'administration, le gouvernement, et maintenant cet affreux cardiologue qui est la cause de tous ses maux, il vient de lui interdire la piscine et que vais-je répondre à cela, eh bien je ne réponds rien. Je n'ai pas de solution à lui offrir sinon de prendre un autre avis auprès d'un autre cardiologue. Elle exulte. C'est exactement ce que lui a conseillé son médecin traitant, auquel elle est allée se plaindre du cardiologue.

Quand je la vois chez elle pour la dernière fois, elle a un horrible œil au beurre noir à cause d'une chute. Son généraliste lui a dit d'arrêter les anticoagulants pour contenir l'hématome. Je trouve ça un peu bizarre, mais je ne suis pas médecin. De toute façon, elle a rendez-vous avec une spécialiste de la Charité-Arbitraire la semaine suivante. Après le dîner, nous regardons *Le Joli Mai*, de Chris Marker, qu'elle a vu à la cinémathèque de Genève avec Tamara quelques années plus tôt, puis nous allons nous coucher, elle avec Gonzalo Torrente Ballester, moi avec Edith Wharton. Le samedi matin, je me lève en râlant parce que je n'ai pas envie d'aller à la médiathèque. Ma mère flotte un peu, mais elle est si vague depuis quarante-sept ans que je la connais, impossible de saisir la nuance de vague qui l'habite aujourd'hui. Elle me prépare une bonne salade avec de l'avocat citronné et du *cottage cheese*. Je m'énerve parce qu'elle renverse sa tisane et lui dis de porter plus souvent ses lunettes. Elle a l'air triste. J'ai hâte de la retrouver le lendemain pour me faire pardonner. Le lendemain quand je la retrouve, elle a passé vingt-huit heures sur le carrelage de la salle de bains.

Lorsque j'appelle Kate pour la prévenir, le plus probable et aussi le plus souhaitable est que ma mère va mourir dans les heures qui suivent. Je suis affolée. De fil en aiguille, Kate me rapporte ce qui s'est passé en Angleterre six mois plus tôt. Ann se promenait au village avec Alice quand elle a perdu connaissance, sans rencontrer d'obstacle. Ma cousine l'a vue tomber, le regard vide, elle a cru la voir mourir sous ses yeux. Puis Ann est revenue à la vie. Elle s'est remise sur pied et a fait promettre à Alice de ne rien me dire. À l'évidence, elle venait de faire un accident cérébral. Ce qui n'a pas de nom n'existe pas. Quand je l'ai retrouvée gare du Nord, elle avait laissé la mort loin derrière elle. Elle avait abandonné la mort en Angleterre.

22

Ann s'était extirpée de Billingham grâce à Cleveland School, logée dans un manoir. Il était juste et régulier qu'elle termine ses jours dans un autre. Ainsi l'harmonie générale se trouvait rétablie. Sur mon insistance, elle s'est résolue au château. D'abord, elle ne s'y plaît pas du tout. Cela me surprend parce qu'elle s'est toujours faite aux nouveaux environnements, et celui-ci me paraît très convenable, surtout par rapport à l'hôpital. Mais elle ne se plaignait pas tant de l'hôpital. Elle avait l'habitude d'y séjourner, elle savait que c'était temporaire. La maison de retraite, elle ne supporte pas. Elle veut rentrer chez elle, et je retourne à nouveau cette solution dans tous les sens. Il lui faudrait une aide à domicile à plein temps, sa retraite n'y suffirait pas. Ou alors il faudrait emménager avec elle. Je n'ai pas ce courage. Le psy en chaussettes avait encore raison, je ne suis qu'une égoïste.

Dans sa chambre, j'ai suspendu les tableaux et les textiles amérindiens, installé la bibliothèque, les rayonnages de Shakespeare, Dickens, Thomas Hardy, les statuettes d'oiseaux rapportées des Galapagos. Bientôt elle se rend seule à la salle à manger, où elle a sa table, avec une fenêtre qui donne sur un grand arbre. Elle savoure avec appétit la nourriture qui lui est proposée, reprend du poids. Au téléphone, nous entretenons une conversation de quelques minutes, parsemée de molécules. Parfois elle retrouve sa voix d'avant. J'ai un choc en imaginant que les circuits se sont rebranchés : quand je la reverrai, elle sera sortie du cauchemar. Mais le lendemain, elle m'accable à nouveau de molécules et de questions sur Olivia – elle ne sait plus que sa mère est morte. Elle se réjouit toujours des visites, craint de ne pas être assez bien habillée pour recevoir. Souvent elle me réclame un pull ou un foulard mieux assorti à sa tenue. Lorsque je porte un manteau neuf ou des boucles d'oreilles qu'elle ne connaît pas, elle le remarque aussitôt et me complimente avec force. Par intermittence, elle souffre de violentes douleurs, quand les membres paralysés essaient de se reconnecter au cerveau. Elle s'arrange avec la réalité. À tout le monde, elle annonce qu'elle va bientôt rentrer chez elle. Ann s'est extirpée de Billingham par sa faculté à rejeter loin d'elle le négatif de la vie, une forme de déni opiniâtre et enthousiaste. La force qui l'a fait croître l'a vaincue, mais pas tout à fait.

À la surprise de tous, elle se repère sans difficulté dans le labyrinthe du château. L'après-midi, elle roule jusqu'à l'ascenseur, descend à la cafeteria, où elle réclame en molécules deux cafés noirs et une part de gâteau, dont elle détache soigneusement de petites bouchées. Puis elle assiste à une conférence, une projection, un concert. Le sentiment esthétique est entièrement préservé. Certaines images la captivent : ce sont toujours des films qui lui auraient plu avant. Lorsqu'on entonne à l'accordéon une vieille chanson française, elle lève les yeux au ciel et s'en retourne dans son fauteuil roulant. Elle apprécie beaucoup les concerts de classique ou de jazz. De temps à autre, j'y assiste avec elle. La première fois, quand les musiciens ont reposé leurs instruments et que l'assistance a commencé d'applaudir, elle a levé la main gauche et vainement cherché l'autre, tout étonnée de ne pas la trouver. Puis son regard s'est arrêté sur sa main droite, recroquevillée contre sa poitrine comme un vieux chat. J'ai pensé que je ne supporterais pas de voir une seconde fois ce spectacle. Quelque temps plus tard, je suis quand même retournée avec elle au concert. À la fin, lorsque l'orchestre a salué, elle a tout naturellement levé la main gauche pour tapoter le dos de la droite, comme elle avait, en mon absence, pris l'habitude de le faire.

Mes livres se terminent toujours de manière incertaine. Je ne cherche pas la réponse, vécut-elle heureuse jusqu'à son dernier jour ou misérable comme un caillou. Je cherche la résolution, le point où la vague retombe pour donner naissance à une autre. Les réponses ne servent à rien, c'est l'artifice et la mort. Si c'était pour obtenir une réponse, je ne me casserais pas la tête à écrire tant de pages, les agencer, les reprendre, jusqu'à dire à mon éditeur Tiens, c'est fait, si tu veux on peut discuter, enfin bon. Mais je n'ai pas oublié l'enquête prescrite par mon psychiatre quand je lui ai raconté l'épisode sur le sentier des douaniers. Les souvenirs de ma mère devenus inaccessibles, il avait suggéré de rassembler des éléments qui pourraient éclairer la situation, projeter sur la scène une lumière nouvelle. Le psychiatre voulait savoir la fin. Il voulait connaître LA VÉRITÉ. Autour de moi, on a l'air de considérer qu'il serait bon pour moi de la connaître.

Lorsque ma mère se trouvait à l'hôpital, j'ai cherché des preuves. Kate était trop jeune, en 1954, pour se rappeler la naissance d'Alice. Tous les autres témoins sont morts. Il n'y a pas de photos de grossesse. Les journaux de 1952 et 1953 ont disparu, ces petits agendas en cuir où Ann racontait sa vie d'élève modèle à Cleveland School, de jeune fille sage allant voir Gregory Peck au cinéma, le voyage à Capri, le flirt avec Vincenzo Verdino, la naissance de Kate. Elle a effacé la partie la plus heureuse de son adolescence. *I was so naïve*, dirait-elle des années plus tard, avec de la colère dans la voix, J'étais si naïve.

Les journaux ont disparu, pas les photos. Dans le désordre des images, je retrouve un cliché d'Ann et Alice sur la plage, au nord du Yorkshire. La première a trente et un ans, la seconde quatorze. Alice fixe timidement le sable sous les yeux d'Ann. Sur aucune photo ma mère ne me regarde avec une tendresse aussi pénétrante. Puis je découvre un courrier d'Alice. C'est une lettre assez drôle, agrémentée de dessins dans les marges, des moutons sautant au-dessus d'une barrière. La jeune fille y décrit sa vie en pension, et, un peu plus loin, pour désigner Betty, elle écrit *Mother, so to speak*, Ma mère, si on peut dire. Betty est la mère d'Alice, mais pas complètement. S'agit-il d'une allusion à son comportement tout sauf maternel, que nul ne contesterait. Alice se confie-t-elle à sa tante comme à une mère idéale, ou a-t-elle obscurément compris que les dés étaient truqués depuis le départ. A-t-elle deviné puis remisé cette intuition au rang du fantasme. A-t-elle su et oublié, su et pas voulu savoir, ou toujours su et laissé l'évidence se fondre dans la lumière. Est-ce que j'invente. Est-ce que je dis la vérité. Est-ce que je veux savoir.

Ann a aussi gardé ses bulletins scolaires. Ils attestent que, vers la naissance d'Alice, à la fin de son année de première, elle a été absente vingt jours. Les bulletins ne précisent pas s'il s'agit d'absences ponctuelles ou de journées consécutives. Elle n'était jamais absente en seconde et souvent en terminale. En troisième, elle était très souvent absente. C'est une accumulation de non-preuves. Chaque fois que je tombe sur une nouvelle pièce à non-conviction, mon sang fait un tour. Le reste du temps, ça m'occupe sans me préoccuper. C'est-à-dire que la question m'habite. Je me suis habituée à l'incertitude.

Dans les années 1990, Ann avait passionnément aimé ce roman de Ruth Rendell intitulé *A Dark-Adapted Eye*, un œil adapté à la pénombre. Elle m'avait pressée de le lire, sans rien me dire de son contenu. J'ai distraitement enregistré sa requête. Bien plus tard, j'ai découvert les nouvelles de l'autrice. Elles m'ont donné l'impression que toutes nos vies s'y trouvaient concentrées – les passions domestiques, les désirs rentrés, les crimes commis à l'intérieur des maisons d'apparence les plus convenables. Ruth Rendell m'a accompagnée pendant la tournée de *Monument national*, les mois d'hospitalisation. Elle me comprenait et se tiendrait toujours à mes côtés, par-delà sa mort qui n'entravait en rien notre échange, au contraire, puisque dans le silence de ses livres, elle me parlait, et dans le silence de mon cerveau, je lui répondais. Grâce à elle, j'aurais toujours une mère.

De retour en Belgique pour un colloque au début de l'année 2023, j'ai emporté *L'Œil adapté à la pénombre*. Ma mère vivait au château depuis quelques mois, et je me demandais bien comment j'allais terminer ce livre que j'étais en train d'écrire. *L'Œil adapté à la pénombre* raconte l'histoire d'une famille pendant la Seconde Guerre mondiale. Pour échapper aux bombardements, la narratrice se réfugie souvent chez sa tante Vera, à la campagne. Vera vit avec sa sœur Eden, de quinze ans sa cadette. Mariée à un officier, elle n'a d'affection que pour cette sœur, à qui elle voue une passion exclusive. Lorsque Eden part rejoindre l'effort de guerre, Vera se résigne tristement à son absence. Puis elle reçoit la visite de son mari en permission. Dix mois plus tard naît un garçon.

Dans la première partie du roman, il est permis de supposer qu'Eden est la fille naturelle de Vera, que celle-ci aurait eue adolescente et qu'elle ferait passer pour sa sœur afin de préserver leur réputation. Mais, dans la deuxième partie, on suppose tout autre chose. Dix mois de grossesse, c'est louche. Ça arrive, mais c'est louche. Vera aurait-elle eu une liaison, ferait-elle passer le fils de son amant pour celui de son mari ? Ou, plus sûrement, le bébé serait-il le fils d'Eden, qu'elle aurait abandonné à sa sœur pour éviter le scandale qui frappait encore les naissances hors mariage ? Cette hypothèse est un peu ébranlée quand la narratrice surprend Vera en train de donner le sein au bébé. Mais on a déjà vu des mères adoptives allaiter. C'est rare, mais ça arrive. Transportées par la fusion avec l'enfant, elles ont des montées de lait.

La guerre se termine, et Eden fait un beau mariage. Son époux compte fermement sur un fils. Or les mois passent, et Eden ne parvient pas à tomber enceinte. Alors elle a une idée : elle va prendre l'enfant de Vera. Elle va l'accueillir sous son toit, l'offrir à son mari pour héritier. Bien sûr, Vera n'a aucune intention de lui céder le gamin. Pourtant elle évite à tout prix de la contrarier. Elle préfère se laisser tourmenter jusqu'à la folie par celle qu'elle a élevée comme sa fille plutôt que d'affirmer son droit sur l'enfant. Mais Vera a-t-elle seulement ce droit, est-elle en mesure de lutter contre une sœur venue réclamer son bien légitime. Elle retient le petit garçon par tous les moyens jusqu'à ce qu'Eden s'empare de lui par la force. Sortie en hâte de la maison pour l'en empêcher, Vera poignarde sa sœur avec un couteau de cuisine.

Vera est morte depuis longtemps. Un journaliste interroge la narratrice, seul témoin de l'affaire. Il veut résoudre ce *cold case*, raconter LA VÉRITÉ sur la dernière femme exécutée en Grande-Bretagne. Il n'écrira pas son livre. La narratrice a reconsidéré tous les éléments, réexaminé chaque preuve à charge et à décharge. Elle ignore qui est la mère de l'enfant. Le petit garçon a grandi, il s'est installé loin de l'Angleterre, des mères putatives, possibles ou probables. Il ne veut pas savoir qui est la sienne. À ce point, le lecteur ne se pose pas davantage la question. Peu importe l'identité de la mère : l'enfant est avant tout le fils de cette histoire. L'œil s'est habitué à la pénombre. Elle est devenue son élément.

23

L’abnégation ne figure pas au rang de mes qualités distinctives. J’ai embrassé le destin de ma mère comme une traversée fatidique. Aussi bien, j’aurais pu laisser faire l’hôpital, accepter la première maison de retraite qui se présentait, rentrer chez moi écrire des romans. J’aurais pu, mais je ne pouvais pas. Au cours de cette période, la vieille rage contre ma mère s’est entièrement raplatie. Mais trois fois j’ai eu envie de la laisser choir. La première, c’était au service de médecine aiguë, lorsqu’elle a informé l’aide-soignante qu’elle avait deux filles. Je ne me donnais pas un mal de chien pour la tirer de la catastrophe afin qu’elle me trahisse dès que j’avais le dos tourné. La deuxième, c’était dans le jardin des soins de suite, quand elle s’est inquiétée d’Alice, insistant pour que je m’occupe de ma cousine. Je lui ai fait observer que celle-ci était beaucoup plus entourée que moi, et elle a levé les yeux au ciel : moi, j’avais ma mère à mes côtés. La troisième, elle vivait au château. Kate et Alice sont enfin venues nous rendre visite. Ann était heureuse de les voir, mais elle n’a pas manifesté une émotion débordante. Elle ne paraissait pas comprendre que ses nièces venaient de plus loin que le bout de la rue. À son idée, tous ses proches, morts ou vifs, coexistaient dans un même espace-temps, dont elle se trouvait pour l'instant exclue mais qu'elle rejoindrait dès qu'elle se porterait mieux. Dix jours plus tard, je lui ai téléphoné, comme tous les après-midi.

– *Oh, hello, Alice.*

Quelque chose en moi s'est rétracté. Ma mère ne m'avait jamais appelée autrement que par mon prénom.

– *No, it's Julia*, Non, c'est Julia.

– *But it's you, isn't it ?* Mais c'est toi, n'est-ce pas ?

Ça pouvait résumer la question. Je ne suis ni Julia ni Alice, ou les deux à la fois. Je suis l'autre. Je suis celle à qui elle parle, qui règle les affaires courantes, s'entretient avec les soignants, sur qui elle compte pour les choses de la vie quotidienne, et pas seulement les matérielles, qui la rattache au monde. Si je relâche le lien, on ne sait pas ce qui passe.

J'ai perdu les trois quarts de ma mère, et la lutte a fait obstacle à la dévastation. Si j'étais restée un quart d'heure de plus au lieu d'aller à la médiathèque, elle vivrait encore dans son appartement. À combien nous y sommes-nous pris pour tuer la reine d'Angleterre – moi, mes cousines qui ne m'ont rien dit de son accident six mois plus tôt, le cardiologue qui lui a mal expliqué le problème dont elle souffrait, le médecin qui lui a fait arrêter le traitement sans procéder aux vérifications nécessaires, l'hôpital qui l'a condamnée sans écouter ce dont elle était capable, enfin la reine elle-même, dans sa croyance d'être immortelle. Les notions d'accident, de crime et d'attentat contre soi ne sont pas aussi étanches que le voudrait la justice. On glisse de l'une à l'autre sans rupture de continuité. Personne n'est coupable, personne n'est innocent.

J'ignore ce qu'aurait pensé ma mère, femme discrète, à l'idée de devenir le sujet d'un livre. Un jour où nous profitions du soleil dans le parc du château, je lui ai dit que j'écrivais sur nous. J'ai demandé si elle avait une objection. *Not at all*, a-t-elle répondu, très intéressée, *I think it's a very good idea*, Pas du tout, je pense que c'est une très bonne idée. Depuis l'accident, Ann est à la fois moins et plus elle-même. Elle a perdu beaucoup de facultés, mais elle affirme plus nettement un point de vue, un désir, une volonté. Elle craint moins le regard des autres et celui de son œil intérieur.

Ces derniers mois, je suis souvent retournée à l'hôpital. À mon tour, j'ai été opérée d'une pathologie utérine en partie héréditaire dont avaient souffert Ann avant ma naissance et, je l'ai appris à cette occasion, Alice. Nulle part je n'ai vu le désastre des services d'urgence et de gériatrie où ma mère a séjourné. Au contraire, j'ai admiré ce qui fait la réputation de la médecine française, une grande compétence exercée dans des conditions spécialement hostiles – la bureaucratie aveugle, l'absence de rétribution, les horaires délirants. L'été où ma mère était hospitalisée, une enquête du *Monde* confirmait que les unités de gériatrie sont les plus mal loties. « Des dizaines de milliers de personnes âgées deviennent dépendantes chaque année en raison d'une prise en charge insatisfaisante », écrivait le journaliste. On oublie facilement la gériatrie. La mort pour seul horizon, on y passe puis on oublie. À aucun moment ma mère n'oublie sa diminution. Je peux choisir de l'oublier ou d'affronter ce spectacle.

Si je peux choisir, je décide que mon hypothèse est une fiction. C'est plus simple pour tout le monde. Nous n'avons pas à réorganiser nos vies, nos constructions mentales. Obscurément, peut-être que moi aussi je voulais ma part de sœur, comme Ann et Betty, comme

Kate et Alice. Fille unique, je peine à me déplacer du centre de la terre. J'invente cette histoire pour donner un sens à ce qui n'en a pas, la solitude de l'enfance, l'éternelle bizarrerie de ma mère, les sentiments mal orientés, comme si c'était toujours une autre qui était visée à travers la femme en face de soi, fille, mère, sœur, nièce.

L'anglais a deux mots pour dire étranger : *foreigner*, celui qui vient d'un autre pays, et *stranger*, celui qui vient de l'extérieur. Enfant, je m'expliquais l'étrangeté de ma mère par la confusion du français, le fait qu'Ann était étrangère. Le passage à l'anglais, quand j'avais seize ans, ne nous a pas rapprochées. Ma mère vient de l'extérieur, étrangère à sa fille, à son mari, à ses amis, à la famille d'Angleterre. En dépit de toutes les informations dont je dispose, elle reste la personne la plus opaque que je connaisse. Je m'interroge sur la mère d'Alice. En réalité, c'est la mienne qui est inconnue.

La passion d'Ann pour les histoires d'enfants illégitimes a favorisé mon égarement, *Tess d'Urberville*, *Pierre et Jean*, *L'Esclave libre*, Jack Nicholson, *Sigma*, *L'Œil adapté à la pénombre.* Elle aussi a forgé son personnage mental dans le trouble de la filiation. Car, d'une certaine façon, Alice est bien la fille de ma mère. À la naissance ou plus tard, Ann s'est approprié l'enfant. Elle l'a choisie pour miroir, désignée comme interlocutrice privilégiée, en dépit du fait qu'elles se voyaient peut-être une fois par an, se téléphonaient peut-être une fois par mois, en dépit de nos cinquante années communes. En un sens, Alice est bien la vraie fille de ma mère, et moi la réelle, faillible par définition.

Depuis longtemps, j'avais observé que mes romans débrouillaient le passé, prédisaient l'avenir. Ma mère finirait dans le château de *Monument national*, après avoir été la jeune sœur de *Sigma* et que ne s'accomplisse la prophétie de la fille changée en statue de lierre de *Viviane Élisabeth Fauville*. Architecte apparente du récit, j'étais en fait leur objet. Les catégories du réel et de la fiction ne sont pas si disjointes. Et c'est au croisement de ces axes que se tient LA VÉRITÉ. Le roman est l'instrument de la connaissance. Il dit au-delà de celui qui parle, de ce qu'il sait ou croit savoir. Nonobstant le calcul et le chiffre, le projet d'annulation du langage ne sera pas ratifié par le conseil constitutionnel du cerveau.

Alors que ce livre était presque terminé, je suis allée en Angleterre pour présenter son contenu à Alice. Je n'en menais pas large – allez expliquer à une personne pas au mieux de sa forme qu'à quatre-vingt-quinze pour cent de probabilités, j'affabule gentiment, mais qu'à cinq pour cent, sa mère n'est pas celle qu'elle croit. Alice m'a écoutée avec beaucoup d'attention. Elle a dit *It's fascinating*, C'est fascinant. Puis elle n'a pas dormi de la nuit. Le lendemain, nous sommes allées chez Kate, où j'ai de nouveau dévidé mon histoire. Toutes les trois, nous avons ouvert nos armoires respectives, exhumé de fringants squelettes ignorés des deux autres. À quatre-vingt-dix-huit pour cent, nous avons invalidé mon hypothèse. Nous n'avons pas de preuves. Notre principal argument réside dans la personnalité de Betty : ma tante aimait trop le drame pour se priver d'une grande scène de révélation, elle mélangeait trop l'alcool et les psychotropes pour qu'un si gros secret ne lui échappe un jour de tempête. Après ça, nous avons repris une tasse de thé. Kate me regardait comme si on avait changé sa cousine en Martien, Alice souriait tranquillement. Je me suis demandé si, toutes les deux, nous n'avions pas plus en commun que je ne l'avais cru jusque-là.

Alice et moi savons bien que Betty ne disait pas tout. Ma tante se serait fait renverser par un bus plutôt que d'avouer son âge. Elle n'a raconté à personne ce qui s'est passé quand elle partait en balade à vélo, à treize ans, avec un homme beaucoup plus âgé qu'elle n'aimait pas. Sauf peut-être à sa mère lorsque, quelque temps plus tard, elle s'est retrouvée enceinte sans comprendre comment. Betty a subi un avortement à quatorze ans. C'est un des nombreux squelettes qui dansent dans nos armoires. D'autres concernent Jack Johnson. Le premier mari de ma tante a en effet commis des actions détestables, dont certaines auraient dû le conduire en prison. La plupart nous sont inconnues.

En février 2024, j'ai revu *Un tramway nommé Désir*. Une projection unique se déroulait près de chez moi, à Tours (et l'on prétendrait que je ne communique pas avec les astres). J'ai admiré le noir et blanc spectral, le jeu de Marlon Brando, et surtout celui de Vivien Leigh en Blanche DuBois, l'insupportable Blanche DuBois, dont j'avais oublié que le film l'innocente à cent pour cent. Suspendue aux moindres inflexions de Blanche et de sa sœur Stella, j'ai cru que Tennessee Williams et Elia Kazan s'étaient entendus pour faire un film sur ma famille, tout comme, des années plus tard, Ruth Rendell écrirait un livre sur nous à propos de deux sœurs s'arrachant la propriété d'un enfant. J'avais toujours identifié Blanche à Betty et Ann à la candide Stella. Soudain, j'ai aperçu que ma mère n'était pas si étrangère à Blanche – l'attention anxieuse au physique, la malédiction de l'âge qui avance, l'origine ténébreuse de la relation aux hommes. À la fin du film, le mari de Stella force Blanche à un rapport sexuel. Et il le fait à un moment très précis, quand sa femme accouche à l'hôpital. Ça aussi, je l'avais oublié. On sait ce qu'il advient de Blanche par la suite : elle s'arrange avec la réalité. Elle s'invente des histoires, s'y accroche comme à un radeau de sauvetage, embarque avec elle tous ceux qui veulent bien la croire. Et si l'agression sexuelle et la naissance se produisent en même temps, n'est-il pas concevable et même logique de s'estimer la mère du bébé ?

Je dis ça, mais je n'en sais rien. À cette heure, je cesse de composer des récits pour mon bénéfice.

Selon les jours, on regarde les choses différemment. Elles s'éclairent ou s'assombrissent, un rayon traverse l'obscurité. Je me suis habituée à entrer dans l'appartement sans que ma mère m'attende derrière la porte, affairée à la préparation d'un gâteau pour accompagner le thé. Avant, j'avais des scrupules à parler d'elle devant des personnes qui n'avaient plus leur mère. Aujourd'hui, ça ne me dérange pas que des amis me donnent des nouvelles de la leur bien portante. Mais je ne supporte pas de voir, dans les transports en commun, une femme de mon âge en train de causer avec la sienne de choses et d'autres sur un trajet banal. Et j'ai envie de tuer celles qui me disent qu'elles ont offert tel ou tel livre à leur mère. La mienne ne peut plus lire. Elle a perdu son centre.

J'ai arrêté la lecture à voix haute. Elle s'impatientait, j'ai compris que ça la renvoyait à son infirmité. Mais elle prend toujours plaisir à manipuler l'objet. Je lui montre les ouvrages que j'ai en cours, *Le Meilleur des mondes*, Doris Lessing, *Les Grandes Espérances*.

Elle tourne les pages du roman de Dickens, observe les reproductions des gravures originales, et me le rend en disant *I shall have to read it again one of the days*, Il faudra que je le relise un de ces jours.

Les Éditions Points s'engagent pour la protection de l'environnement et une production européenne responsable

Ce livre a été imprimé en Europe, sur un papier certifié issu de forêts gérées durablement.

RÉALISATION : NORD COMPO À VILLENEUVE-D'ASCQ
IMPRESSION : NOVOPRINT
DÉPÔT LÉGAL : AOÛT 2025. N° 157867
IMPRIMÉ EN SLOVAQUIE